Wolf Wondratschek

Mozarts Friseur

2004

Deutscher Taschenbuch Verlag

Von Wolf Wondratschek
ist im Deutschen Taschenbuch Verlag erschienen:
Die große Beleidigung (13059)

Ungekürzte Ausgabe
April 2004
Deutscher Taschenbuch Verlag GmbH & Co. KG,
München
www.dtv.de

Umschlagkonzept: Balk & Brumshagen
Umschlaggestaltung: Lilo Rinkens unter Verwendung des Fotos
›Tel Aviv, um 1932‹ von Helmar Lerski (© Museum Volkwang Essen)
Fotografie auf Seite 6: Sepp Dreissinger
Satz: Filmsatz Schröter, München
Druck und Bindung: Druckerei C. H. Beck, Nördlingen
Gedruckt auf säurefreiem, chlorfrei gebleichtem Papier
Printed in Germany · ISBN 3-423-13186-1

dtv

Die Legende will, daß der Friseur, der in diesem Buch die Hauptrolle spielt, eine Mischung ist aus einem arabischen Findelkind und einem Wiener. In Triest ist er vor vielen Jahren an Land gegangen und hat die Kunst des Haareschneidens gelernt, in Venedig wollte er Perückenmacher werden, später, auf dem Weg nach Wien, »ehelichte er ohne jedes Zögern eine Österreicherin und eröffnete, mit dem Geld einer aufgeschobenen Hochzeitsreise als Anzahlung, in der Griechengasse einen Friseursalon«. Wer hier eintritt, betritt ein Zauberreich, hier verliert die Welt ihren Schrecken. Willkommen sind nicht nur sonderbare Käuze, die lediglich einen Kaffee trinken, sich unterhalten und streiten wollen, sondern auch Menschen, die einen Haarschnitt nötig haben. Prominentester Gast ist zweifellos Mozart, »übermüdet vom Nachruhm«, dem ein crew cut, ein klassischer Kurzhaarschnitt, verpaßt wird. Und die Geschichte seiner Perücke zieht sich wie ein roter Faden durch die sonderbaren Gespräche, die von morgens bis abends den Friseursalon erfüllen.

Wolf Wondratschek, 1943 geboren, lebt heute in München und Wien. Weitere Werke u. a.: ›Die große Beleidigung. Vier Erzählungen‹ (2001), ›Orpheus in der Sonne. Gedichte‹ (2003) und ›Mara. Eine Erzählung‹ (2003).

Es treten auf:

Der Friseur
Die Frau des Friseurs
Karotte, ein junger Mann
Seine Mutter
Gabriele Scardanelli, Friseur in Triest
Wolfgang Amadeus Mozart (1756-1791)
Fräulein von Lehnhart-Kilany, Künstlerin
Nick, genannt Der Schatten, Friseur
Anna G., Friseurgehilfin
Puffi, ein junges Mädchen
Thomas Bernhard, Theaterdichter
Tinti Berger, Künstler
Szabloc Pruth, ein Kunstfreund
Eine Dame, Textilrestauratorin
Johann Pichler, Cafetier

Nomaden, Matrosen, Triestiner Bürger, Venezianer, ein Kotfetischist, ein emeritierter Staatsrechtler, ein Museumsdirektor, ein Kamel, ein Neuropsychologe, eine baltische Emigrantin, Künstler, Kunden, Mädchen, Punks, Wiener Giftler und andere Irrlichter.

Das Haus des Friseurs
in der Griechengasse in Wien

I

Der Friseur, so die Legende, ist eine Mischung aus einem arabischen Findelkind und einem (gewordenen) Wiener, aufgefunden von Nomaden und von ihnen am Leben gehalten, gesäugt von Kamelen, nachts warm gehalten von ihrem Dung, bemuttert von Palmenschatten, in die man ihn während der Ruhepausen bettete. Die Hölle war es trotzdem. Mit dem Lebenswillen eines Weggeworfenen wehrte er sich gegen das Verdursten und Verhungern, gegen Fieber und das Verbrennen der Augen. Bedürfnislos wie die Tiere, die ihn trugen, kam er durch. Eine Gruppe von Matrosen, die um eine Wasserpfeife saß, nahm das verlorene kleine Bündel in Port Said an Bord ihres Frachters (mit Ziel São Paulo), in keiner Absicht. In den Wüsten, erklärten sie, sei der Sand, am Himmel die Sonne, auf See jede Welle wahnsinnig. Daran solle er sich unter Menschen bis zu seiner Todesstunde erinnern.

Der Friseur kann den Wortlaut dieser seltsam bedrohlichen, knapp und endgültig klingenden Botschaft noch heute, fast ein halbes Menschenleben später, im Schlaf aufsagen, ist aber dem Entschluß zu seiner Entschlüsselung aus Gründen, über die er erst lange nachdenken müßte, bisher immer ausgewichen. Nicht, daß ihm dazu die Zeit gefehlt hätte, natürlich nicht. Aber es klappte beim Nachdenken mit den Gedanken nicht, sie waren nie zu dressieren. Und trainiert hat er das Denken später auch nie. Er geht noch immer auf Sand oder Wasser, wenn er denkt. Es gibt keinen Grund, keinen festen Boden, er sinkt ein, das Gehen seiner Gedanken ist schwer und ermüdend. Auch deshalb erinnert er sich jener lange zurückliegenden Zeit, als er an Gedanken noch nicht einmal gedacht hatte. Das Schweigen der Männer, die ihn aufgezogen hatten, war so selbstverständlich wie ihre Befehle verständlich waren. Unterhielten sie sich, benutzten sie nicht Worte, sondern machten Musik, einige tanzten. Sie lasen keine Bücher, schrieben keine Briefe, stellten keine Fragen, auch ihm nicht. Die Sonne ging morgens auf und abends ging sie unter, kein Gedanke würde daran etwas ändern, auch der Gedanke an Profite nicht. Es war das Leben ein stummes Vorwärtskommen auf beschwerlichen Routen, ein Ausruhen zwischendurch, ein Aufbrechen zu einem Ziel, von dem aus sie nach einigen Tagen oder Wochen wieder in die Wüste zurückkehrten, wieder beladen, wieder im Kampf mit dem Auftrag, eine Ladung ins Landesinnere zu bringen, zu Oasen oder Handelsstationen, und von dort eine andere zurück zum Fluß oder zur Küste.

Da ihm Gefahren unbekannt waren, dachte er über sie auch nicht nach. Luftspiegelungen, falls er sie überhaupt wahrnahm, hielt er für wirklich. Ein Spiel war nichts, was ihm widerfuhr. Er spielte nicht, mit nichts, nicht unterwegs. Er dachte sich auch nichts bei dem Spaß, unter die Bäuche der Kamele zu kriechen, um die dort herunterhängenden Haarbüschel erst zu entflechten, um sie anschließend wieder zu kleinen Zöpfen binden zu können. Mach nur weiter so, sagten die Männer und gaben ihm Fußtritte.

Das alles änderte sich mit den Matrosen.

Plötzlich gab es Gedanken. Sie kamen mit den Träumen, den Enttäuschungen, der Erschöpfung. Mit jedem Lebensmonat verbrachte er mehr Zeit mit ihnen. Alles, was er sah, reicherte er an durch Gedanken. Das machte zuerst ziemlich viel Spaß. Er suchte die Begrenzung des Frachters, auf dem er wohnte, die Meeresoberfläche bis zum Horizont, den Himmel bis hinter alle Sterne ab, nicht mit Augen, sondern in Gedanken. So ließ eine Herde Wale, die auftauchte, unter den Seeleuten die Freude reifen, sich der Küste zu nähern, in ein, zwei Tagen von Bord zu kommen und sich an Land eine Frau kaufen zu können, in seinem Kopf schlug die Phantasie andere Purzelbäume. Er wollte schwimmen und tauchen lernen und es eines Tages können wie Fische. War es nicht noch einfacher, gleich ganz ein Fisch zu werden? War es Gedanken möglich, Wunder zu vollbringen, nur ein kleines, wie das, aus ihm, einem kleinen Jungen, einen kleinen Fisch zu machen? Konnte man durch Nachdenken nachhelfen? Wie machte man das? Gab es Techniken, die halfen? Gab es Geheimnisse? Hätte ihn jemand in diesem Augenblick gepackt und über Bord geworfen, er hätte, zumindest bis zum Aufprall auf dem Wasser und der Ernüchterung, sich doch nicht retten zu können, noch glücklich an den Spuk einer Gedankenübertragung geglaubt.

Das Kind hatte, wenn man es nur reden ließ, für die Männer also Unterhaltungswert, was sein Überleben erst einmal garantierte. Über Bord werfen konnte man den Findling ja immer noch. Bis dahin aber war es manchmal sogar zum Totlachen, was alles er sonst noch so von sich gab. Er konnte reden wie die Señoritas, wenn sie verliebt sind. Die erzählen einem auch, kaum daß sie sich untergehakt haben, daß am Himmel da oben ein Stern ihnen gehöre, ihnen ganz allein, der auf sie aufpasse – genau das Zeug, von dem man nie wußte, was man darauf antworten sollte. Außerdem brachte man sie nie von der Tanzfläche, schon gar nicht, wenn Perry Como *catch a falling star / and put it in your pocket / keep it for a rainy day* sang, was sie einem gleichzeitig auch noch falsch ins Ohr summten. Am liebsten hätten sie die Nacht mit einem unermüdlichen Tänzer verbracht, der die Drinks zahlt, von Liebe spricht und erst einmal gehorsam ein nicht zu dünnes Bündel Banknoten zieht, als Vorschuß sozusagen auf gute Laune und kommendes Glück. Es war dann aber die eine wie die andere so verstört, wie es eben verlorene Frauen sind, die den Weg zur Schlachtbank mit zusammengebissenen Zähnen verfluchen, sich aber damit abgefunden haben, wie unerschöpflich bei Männern, noch dazu bei betrunkenen Matrosen, die Ressourcen ihrer Roheit waren und wie weh es tat unter ihrem Gewicht. Den Sternen gleich waren auch sie am Morgen wieder verschwunden.

Aus dem Mund des Kindes aber klang der Schwachsinn schön, wie eines dieser längst vergessenen Gute-Nacht-Lieder, die man Seelen singt, die sich ängstigen.

Na ja, kann schon sein, Kleiner, daß da oben ein Stern auf dich wartet. Da mußt du nur noch etwas wachsen, damit ihn dir nicht ein anderer vor der Nase wegschnappt.

Ich weiß, sagte das Kind, ich beeil mich ja.

Es gab nun offenbar aber Gedanken, die nur dazu da schienen, einen vom Denken abzulenken, jede Menge Gedanken, die sich ausschließlich in der Rolle von Störenfrieden gefielen. Zu dieser Zeit fiel ihm zum ersten Mal auf, daß ihm die Begabung fehlte, sich auf das Hochseil eines einzelnen, einzigen, möglicherweise einzigartigen Gedankens zu konzentrieren. Schon war da wieder die Ablenkung eines abschweifenden anderen Gedankens, dem andere, viele andere es sogleich nachtaten. Und während er, das Seil verfehlend, nach unten fiel, stiegen gleichzeitig Gedanken auf, wieder andere Gedanken, aber die dachten nicht daran, ihn aufzufangen, ihn vor dem Sturz zu retten oder auch nur den zu erwartenden Aufprall gnädig abzufedern.

Ein Federkleid, dachte er, wird aus Gedanken wohl nicht gemacht.

Mir fehlt die Kraft, stöhnte einmal ein anderer, mir fehlt die Kraft, zwei Gedanken zusammenzubringen, wurde Schriftsteller – und mit seinen Romanen weltberühmt.

Möwen und Seeadler, die ersten Vögel, die er bewußt wahrnahm, waren Radarsysteme, die Nahrung orteten, auf Knopfdruck zum Sturzflug ansetzten, mit der Beute aufflogen und mit den Winden verschwanden. Bei dem Vogel, der im Käfig seines Kopfes flatterte, machte jede Feder, was sie wollte. Zum Fliegen war das schlimme Durcheinander im Gefieder unbrauchbar, jeder Flügel war anders verstimmt oder verkümmert, die Spannbreite lächerlich. So saß das Tier fest, lahmte und pickte nach allem, was in Reichweite seines Schnabels geriet. Es war gefährlich geworden, wie irre. Und so gab es der Junge, dem der Kopf davon weh tat, auf, den Sinn der Ermahnung deuten zu wollen, überließ, was die Matrosen über den Sand, die Sonne und das Wasser gesagt hatten, der Obhut seiner Erinnerung und begnügte sich mit der Hoffnung, es seien eines Tages, um zu verstehen, Gedanken gar nicht mehr notwendig.

Tatsächlich brachte er zumindest später einen kleinen Anfang doch zustande. Obwohl längst kein Kind mehr, benutzte er dazu noch immer gern seine Finger, als zähle er die Gedanken in der Reihenfolge ihrer vermuteten Zugehörigkeit. Was die Matrosen hatten sagen wollen, leuchtete ein, zumal, wenn man nicht sicher sein konnte, nicht doch unterwegs in einem Sturm, der den Verstand nun wirklich verloren hatte, abzusaufen. Daumen! Den Wahnsinn eines Sandsturms abwehren zu wollen, das überstieg, wie sich oft genug herausgestellt hatte, selbst Allahs Kompetenz, von den Kräften seiner Schutzengel, falls es die gibt, ganz zu schweigen. Zeigefinger! Die Sonne, auch das stimmte, war kein Spaß. Wer sie herausforderte, der wurde früher oder später unweigerlich wahnsinnig. In einem Buch, aus dem ihm einmal, sehr viel später, einer vorgelesen hatte, stand es beschrieben. *Das Land gehört der Sonne. Das ist es, was er weiß. Das ist alles, was er weiß. Und daß keiner entkommt. Alles auf der Welt ist lächerlich, nur die Sonne nicht.* Soviel zum Mittelfinger. Unter den Menschen dagegen, zumal bei Windstille und in gutgeschlossenen Räumen wie in europäischen Städten, ist der Wahnsinn vergleichsweise unauffindbar, in jedem Fall schwer zu deuten, sein Härtegrad weder mit bloßem Auge noch mit Menschenkenntnis zu berechnen, seine Kraft lautlos, seine Ursachen dem Verstehen im Grunde unerreichbar.

Nun gut, beschloß er bei Betrachtung des unbeschäftigten nächsten, seines Ringfingers, er würde abwarten, aber weiter damit rechnen, die Matrosen könnten recht behalten.

Jahre später, bei einem Zwischenstopp im Hafen von Triest, ging er an Land und fiel, entkräftet und orientierungslos, wie er war, vor einem Friseurgeschäft in der via Carducci, nicht weit der Piazza Garibaldi, vor Erschöpfung in einen tiefen Schlaf. Es lag nahe, nach dem Erwachen der nützlichen Tätigkeit des Haarschneidens nachzugehen, gleich an Ort und Stelle. Er suchte nach Anhaltspunkten seiner Zugehörigkeit.

In diesem Fall half ihm, daß ein Mann seine Frau liebte. Nehmen Sie das so wörtlich, wie Sie können. Ein Apotheker, in der fraglichen Zeit mit seiner Nachtschicht beschäftigt und allein, rief seine Frau an, um sie, ganz wie zu Zeiten ihrer

Jugend, mit verliebten Worten zu einem Rendezvous zu überreden, an Ort und Stelle seiner beruflichen Existenz, also einem Stelldichein in der Apotheke, jetzt gleich, sogar sofort, in einem der beiden kleinen Hinterzimmer mit der Liege (die war von der Berufsgenossenschaft zwingend vorgeschrieben!); er habe, gestand er ihr, sich das alles so oft schon vorgestellt. Und wenn die Nachtglocke schlug, nun, dann schlug sie eben.

Sie liebte ihn auch, weigerte sich aber. Sein Bedürfnis, sich gehenzulassen, schmeichelte ihr zwar und sie nahm auch seinen für sein Alter und die Zahl ihrer gemeinsamen Ehejahre ungewöhnlichen Vorschlag gern als Kompliment, aber ganz traute sie ihm nicht; vor allem traute sie sich selbst die gehörige Portion Leidenschaft nicht mehr zu, die allein garantiert, daß alles, was an so einem Vorgang leicht lächerlich wirken kann, eine völlig untergeordnete Rolle spielt.

Sie hörte durchs Telefon die Nachtglocke.

Ich rufe zurück, sagte er und legte auf.

Sie betrachtete den Hörer. Hatte er das Fiasko auf dem Comer See vergessen, diese Parodie einer ähnlich stürmisch geführten Attacke in der Kabine eines Ausflugsdampfers? Von wegen, wenn es klopft, nun, dann klopft es eben.

Ein Passant machte den Apotheker auf einen vor dem nahen Friseurgeschäft liegenden jungen Mann aufmerksam, der offenkundig unverletzt, im Schlaf aber wie tot sei.

Der Apotheker bedankte sich, schloß die Klappe und lief zurück zum Telefon. In Notfällen wie diesen hatte sie immer die besten Einfälle. Ihrer war, daß sie ihm glaubte, sich anzog und auf den Weg zur Apotheke machte. Sie besah sich den Schaden. Ein Kind, ein junger Mann, und wahrscheinlich träumte er gerade. Das alles war ihr auf Anhieb sympathisch.

Ich weiß nicht, sagte der Apotheker.

Das bringt ihm nichts, die Polizei zu rufen, entschied sie. Es bringt nichts, im Leben nur immer Angst zu haben. Nimm ihn, wenn er ausgeschlafen hat, morgen, wenn du zum Friseur gehst, einfach mit.

So geschah es. Die Geschichte erzählte der Apotheker auch deshalb so gern, weil sie ihm Gelegenheit bot, sein kleines, ruhiges, längst gewöhnliches Leben ein wenig ins Licht einer Heldentat rücken zu können und dabei auch noch von seiner Begeisterung schwärmen zu dürfen über den praktischen, unerschrockenen Verstand seiner Frau. Genau das hat er an ihr immer geliebt, dafür aber in aller Öffentlichkeit nie die richtigen Worte gefunden.

Von außen war der Friseursalon unscheinbar. Es gab kein von der Hauswand quer in die Straße hinausragendes Schild, es gab nicht einmal an der Eingangstür einen eigens entworfenen Schriftzug. Ein grüner Wisch klebte von innen am Glas, die Genehmigung der Kommune, wie sie alle Friseurgeschäfte des Landes auszuhängen hatten, die Assessorato all' Artigianato, mit amtlichem Stempel, Unterschrift und der Angabe des Zeitraums, für die sie ausgestellt war.

Ohne Mühe erlernte der Friseur das Handwerk, wunderte sich allerdings – als ironisches Resultat seiner Bewußtlosigkeit –, daß die Zeit der Kaiser und Könige, der Kutschen und Perücken vorbei war. Noch war sein Zeitgefühl schläfrig und ungenügend synchronisiert mit dem Wandel der Moden, dessen kontinentales Tempo er nicht verstand und durch Passivität auszugleichen versuchte.

Er behielt diesen langsamen Blick bei, er war sein Wissen. Schau der Karawane zu, wie sie dahinzieht, aber bilde dir nicht ein, durch die Unruhe eines Augenaufschlags Einfluß nehmen zu können auf ihr Tempo.

Daß seine frühesten Freunde Kamele gewesen waren, damit konnte im Salon des Signor Scardanelli keiner groß etwas anfangen. Diese Herrschaften hatten für eine Welt, in der man auf Sand unter einem Sternenhimmel im Kreis sitzt, der Wind die Sanddünen wandern läßt und die stumm Sitzenden das Ende der Welt bewachen, wenig übrig. Als Kind der Wüste ging er nicht durch. Das war alles entweder richtig oder falsch, in keinem Fall aber außergewöhnlich. Man hatte seine Gewohnheiten im Umgang mit dem Gemisch der Rassen, von dem es in jeder Hafenstadt überall auf der Welt nur so wimmelt. Jeder Fremde erzählte, was er wollte. Es mußte nur eine Geschichte ergeben, die ihm am Ende ein Aufenthaltsrecht bescherte und das Interesse eines Arbeitgebers.

Der junge Mann fügte sich ein. Wahrscheinlich träumte er, wenn er dem Besen folgte, mit dem er die Fliesen des Steinbodens säuberte, Handtücher reichte, dem einen oder anderen Kunden die Kreppkrause abnahm und den Nacken säuberte oder ein störrisches Kind durch eine Geschichte und verblüffende Einfälle so abzulenken hatte, daß es gar nicht anders konnte als stillzuhalten, eine monotone Schinderei in den meisten Fällen. Da sich die Herkunft des Gesellen nicht nachprüfen ließ, war man damit zufrieden, daß er sich wenigstens die Hände wusch.

Tatsächlich war er hellwach. Er prägte sich, was er sah und hörte, ein. Er war neugierig. Welche Vielfalt an Manieren, Allüren und Ticks! Wie unterschiedlich die Temperamente, die Tonlagen der Stimmen, ihre Streitlust! Welche Fähigkeiten der Verstellung! Wie reichhaltig das Angebot der vielen kleinen Unarten. Einer bohrt dauernd in seinen Ohren, hört danach trotzdem nicht besser, ist aber bei allem, was diskutiert wird, anderer Ansicht. Daß ein anderer ständig seine Brille sucht, wäre nicht weiter schlimm, wenn er nur nicht immer alle Anwesenden verdächtigte, sie versteckt zu haben; und das mit trüber Genugtuung. Versuchen Sie, einem beizukommen, der unter Blähungen leidet und Professor, achtzig und Stammkunde ist. Das geht, denken Sie? Das geht nicht, ausgeschlossen, nicht ohne unhöflich werden zu müssen. Wann beginnt das Leben, das auf Nachsicht angewiesen ist? Nehmen Sie den folgenden Fall. Immer wieder bittet ein Herr, auch er längst ein guter alter Kunde, nach seinem Eintreten um ein Glas Wasser. Er setzt sich, bedankt sich für die Gefälligkeit, nippt einmal kurz und ist gleich darauf fest eingenickt. Nein, ausnahmsweise gehört er nicht zu den Lautschnarchern, das ist es nicht, nur irgendwann gleitet ihm das Glas aus der Hand und zerspringt auf dem Steinboden. Wie reagieren, außer eben die Scherben zu beseitigen? Ihm seine Bitte abschlagen? Ihn mit einem Plastikbecher abspeisen? Wie ihn am Einschlafen hindern? Den Gesellen abkommandieren, der ihn entwaffnet? Ausprobiert. Und das Resultat? Er schlug die Augen auf und beschwerte sich. Er liest die Zeitungen nicht, spielt kein Schach und kann Menschen nicht ausstehen, die das Wort an ihn richten, ihn womöglich dabei auch noch anfassen. Glaubt er wirklich, die zu Bruch gegangenen Gläser seien aus den Groschen finanzierbar, die er als Trinkgeld drauflegt? Damit ist man ausgelastet, mit Lappalien, mit was sonst! Einer, aber wer, klaut Klopapier! Leibesvisitationen androhen? Doch nicht im Ernst! Oder doch? Ein anderer Fall von Kleptomanie erledigte sich von selbst, sozusagen postum. Nach dem Ableben eines völlig Unverdächtigen hörte nämlich endlich der Spuk auf, daß abends an jeder zweiten Flasche oder Tube der Schraubverschluß fehlte.

So kam es, daß der junge Mann begriff, daß ein Friseur nur im Nebenberuf einer ist, der Haare schneidet.

Die Welt der via Carducci! Sie war nicht spektakulär, aber unter ging sie auch nicht, nicht solange der Scherenschleifer einen nicht im Stich ließ. Natürlich, mit jedem, der starb, landete ein Bruchteil dieser Welt auf dem Friedhof, was aber nicht hieß, daß er als Gesprächsthema ausgedient hatte. Obwohl als Lebender nicht mehr vor Ort, wurde der eine oder andere so richtig erst interessant nach seinem Ableben. Was gab es da nachträglich nicht alles für Überraschungen, Enthüllungen und Entdeckungen! Und wie zuverlässig sich alle Gerüchte herumsprachen! Das Staunen beim Öffnen eines Testaments. Das Auftauchen einer allen, nicht nur der eigenen Familie verheimlichten Tochter; oder umgekehrt, die Tochter (oder ein Sohn) war gar nicht das eigene Kind, sondern das Ergebnis einer Fremdzeugung, von der die Frau nie etwas gestanden hatte. Ein Briefwechsel (mit wem?), aufbewahrt unter Geschäftspapieren. Wer war die ältere Dame an seinem Grab, die auch die Verwandtschaft nicht zu kennen schien? Ungereimtheiten unter Mussolini. Noch ein Testament, das die bereits verhandelte erste Version widerruft. Wie war der Gesamteindruck einer Person wie, sagen wir, Ettore Samigli (geflickte Jacketts, knarzende Halbschuhe, wenig Neigung zur Großzügigkeit, Trinkgeld gleich Null) in Zusammenhang zu bringen mit Gerüchten über angebliche Schwarzgeldkonten? Er war auch – welch unheilvolle Gefühlsarmut! – nie in der Oper gewesen, wie man erst jetzt erfuhr, obwohl er über Premieren immer mitredete. Einer, der vorgab, in Abessinien gekämpft zu haben, hatte, wie sich nachträglich herausstellte, lediglich im Lazarett gelegen, und das vom ersten Tag an. Der eine oder andere, alle eigentlich, waren plötzlich wieder Unbekannte geworden. Wer das nicht schaffte, dessen gerahmte Fotografie hängte man zwar auf – schaute aber nicht hin.

Einer von Signor Scardanellis treuesten Stammkunden war ein Mann im Habit eines Trauernden, der bei jedem seiner Besuche, auch wenn er nur für eine Rasur vorbeischaute, die Geschichte vom Unfalltod seiner Frau zum besten gab. Kein Wort hatte er je gegen ein anderes ausgetauscht in all der Zeit, die er schon hierher kam. Wie ein Prediger hielt er sich an den Text der Urfassung. Er selbst hatte inzwischen jede biblisch verkündete Begrenzung eines Menschenlebens längst überboten, zitterte ein wenig, das schon, hörte auch nicht mehr alles, war aber freundlich, aufmerksam zu allen und lachte auch gern, blieb aber stur, was die Geschichte betraf, die damals schon fast dreißig, wenn nicht vierzig Jahre zurücklag. Sie begann an einem Tag im Gebirge (in der Nähe von Luzern, wo seine Frau am übernächsten Tag beim Musiksommer konzertieren sollte) und beschrieb den Aufbruch frühmorgens noch vor Sonnenaufgang vom Vierwaldstätter See aus, das Glück eines gleichmäßigen Schritts, das weite Schauen in eine Welt hinaus, die immer stiller, immer einfacher wurde, welches Vergnügen sie teilten für dieses Gehen, die Liebe, die sie füreinander empfanden, wenn sie beim Klettern einander auf Kleinigkeiten aufmerksam machten, auf die Spur eines Hasen, einen einfallsreich gewachsenen Baum, die Leuchtkraft blanker Steine. Er verzieh ihr deshalb ihre Vorliebe für steile, nicht immer ungefährliche Aufstiege und war von der Gewissenhaftigkeit beeindruckt, mit der sie ihm, aufmerksam, wie sie war, von oben die richtige Route anzeigte. Es war ausgeschlossen, daß sie nicht wußte, was sie tat. So war sie auch auf dem Podium gewesen, auch dort ging sie jedes Risiko ein. Sie spielte nicht mit der Gefahr, aber es war gefährlich, wie sie spielte, auch für ihr Publikum. Wie bei einer Bergwanderung konnte man, wenn man zuhörte, ganz schön aus der Puste kommen. Sie ließ einen nicht verschnaufen. Es war ihr Ernst mit jeder Note. Das war nicht mehr das übliche, unangenehm siegessichere und immer profitable Geschäft mit pianistischen Stars und ihren zu Höchstgagen dargebotenen Bravourstükken. Ihre Ehrlichkeit in allem, was sie war, kannte diese Beschränkungen nicht. Noch tagelang nach einem Konzert konnte sie böse sein mit sich, wenn sie nur abgeliefert hatte, was sie ohnehin konnte. Eine närrische Angst vor jeder Art von Zufriedenheit hielt ihre Motoren unter Dampf, und nicht nur die eigenen, wenn sie sich der Öffentlichkeit präsentierte. Und das tat sie immer öfter im Alleingang mit Stücken für Klavier solo, die nie einer je gehört und die meisten für eine Provokation gehalten hatten (und noch halten) – wie die beiden Klaviersonaten einer selbst in ihrem Heimatland so gut wie unbekannten Russin (mit einem dieser typisch unaussprechlichen Namen), asymmetrische polyphone Konstruktionen von unerhörter rhythmischer Kraft, mit jähen Kontrasten zwischen zartestem Pianissimo und explosionsartig geschlagenen Akkorden, die sie damals in Luzern erneut ins Programm genommen hatte.

Es war für ihre Karriere allerdings vorteilhaft, daß sie als Tigerin gehandelt wurde, als leicht entflammbares Material und Blickfang sogar für Mitglieder der Orchester, mit denen sie auftrat. Daß sie als schwierig galt, weil sie Konzerte auch absagte, hatte Gründe, die sie weder in Gesprächen noch in Interviews diskutierte. Es fiel ihr schon schwer genug, sich darüber mit dem Mann, den sie liebte, zu unterhalten. Es gab etwas Verborgenes, dem sie nachsann, einen Schmerz, der die Anstrengung, ihn betäuben zu wollen, milde belächelte.

Das alles zusammen und mehr, viel, viel mehr noch, waren die kostbaren Bestandteile seines Vergnügens, dieser Frau am Konservatorium in Padua begegnet und (tatsächlich vierzehn Tage nachdem sie sich zum ersten Mal geküßt hatten) ihr Mann geworden zu sein. Sie hatte ihn, so einfach war das, in einer Nacht mit ihrer Musik um den Verstand gespielt. Sie war damals ein noch kaum erwachsener Lockenkopf gewesen, der die karierten Hemden ihres Bruders trug und Arbeiterhosen, mit denen sie protestierte: gegen die Ungerechtigkeit, keine, wie sie fand, herzeigbaren Beine zu besitzen, gegen ihre Mutter, deren politische Ansichten und Freundeskreise, gegen das Geld, das keine Rolle spielte, bzw. natürlich dann doch die Hauptrolle, gegen alles, was die erwachsene Welt repräsentierte – in etwa stimmte so sogar die Reihenfolge. Sie schien, wenn sie in die Tasten hämmerte, die ganze ihr verhaßte High-Society verprügeln zu wollen, die in ihrem Elternhaus verkehrt war, als sie dort von gleich zwei Kindermädchen großgezogen worden war. An den Wänden im Mailänder Haus hingen nur deshalb keine kostbaren Gemälde, weil sie mit Fresken bemalt waren, Kunstwerken von unschätzbarem Wert und deshalb nicht Privateigentum, sondern Staatsbesitz, wie ihr eingebleut worden war. Hände weg! Nur nie auch nur in die Nähe kommen! Mit der Angst, auch nur eine einzige Tasse fallen zu lassen, die natürlich nicht nur einfach ein Stück Porzellan war, wie man es in Kaufhäusern erwirbt, machte sie jetzt, wo sie Klavier spielte, kurzen Prozeß. Sie hätte genau so gut zum Klassenkampf aufrufen können – und eigentlich tat sie genau das. Deshalb war es eigentlich auch Unsinn, sich nach einem Konzert zu verbeugen.

Was für ein Unsinn noch dazu, das mit Blumen im Arm zu tun und mit einem huldvoll lächelnden Maestro an der Hand, der dankbar war, daß er sich nicht den Arm ausgerenkt hatte bei der Anstrengung, Solist und Orchester in identischem Tempo zu halten.

Es war dieses Spiel, das ihm, selbst angehender Solist, den Entschluß dann so leichtgemacht hatte, aufzuhören und seinen *Bösendorfer* nur noch privat aufzuklappen. Ich hatte mich nicht geirrt, wie sich beim vierhändigen Klavierspiel in den eigenen vier Wänden immer wieder herausstellte.

Scardanelli tat seinem Freund ungern den Gefallen, die Geschichte jedesmal wieder für eine Neuigkeit halten zu müssen, hielt sich aber tapfer. Seine Tapferkeit reichte aus, niemals die Geduld zu verlieren, im Gegenteil. Er paßte die Geschwindigkeit seiner Arbeit dem Ablauf der Geschichte, die er ja auswendig kannte, an, eine Geschichte, die die Summe all dessen zu sein schien, an was sich der Mann überhaupt noch erinnern konnte oder wollte. Mehr als die Gegenwart einer Abwesenden war ihm nicht mehr wichtig. Er selbst als der Eigentümer einer Erinnerung trat auf als Protokollant des Tages, mit dem sie begann. Die Treue, die er seiner Frau am Tag ihrer Hochzeit geschworen hatte, ist jetzt Texttreue, Erinnerungstreue, das Gelöbnis zur Genauigkeit, als könne diese Pedanterie ihr das Leben retten; deshalb die genau gleichen Wörter, die sich versteinert haben zu einer Litanei. Ist es abwegig, dem Erzähler zu unterstellen, er widme sich einem Rettungsmanöver? Waren es nicht immer die Erzähler, die von der Hoffnung lebten, die Kraft der Wörter reiche aus, den Tod zu besiegen? Kaum beginnt eine Geschichte, hofft doch der, der sie erzählt, darauf, sie könne zum Guten kippen und ein anderes Ende nehmen, ein für den Erzähler in unserem Fall unendlich tröstlicheres und erträglicheres; dann nämlich wäre *er* es, den es am Ende erwischt, nicht sie. Keine Trauer und keine Treue kann mehr versuchen. Er wußte nicht mehr, wann genau und in wie vielen Städten er studiert hatte, aber die Programme ihrer großen Konzerte, die sprudelte er herunter wie nichts. Er vergaß auch nie, auf genau welcher Höhe am Berg sie plötzlich abgerutscht war – was er zuerst nur für eine ihrer Albernheiten gehalten hatte, einen Einfall im Stil einer Kinoheldin, die alle Register pathetischer Verzückung zieht, um von starken Armen dem Tod entrissen und danach mit Liebesgeständnissen wiederbelebt zu werden. Ein Augenblick in den Wolken, die Augen geschlossen, das Glück eine Großaufnahme. Sicher hatte sie festen Boden unter den Wanderschuhen und erwartete ihn ausgelassen und bereit für eine Liebkosung, die um so köstlicher sein mußte, weil sie dem Schreck folgte, der ihm, wie sie annehmen würde, in die Glieder gefahren sein mußte. Ich war keineswegs erschrocken, nichts da, darauf besteht er bis heute. Keine Spur. Warum auch! Einem Engel, da war ich mir sicher, passiert so was nicht.

Selbst eingeseift machte Signor Lendvai kaum eine Pause, hielt aber, so gut es ging, brav das Kinn still.

Er hatte sie noch lebend gefunden. Und wissen Sie, Signor Gabriele, fragte er, was sie zu mir gesagt hat, bevor sie zu atmen aufhörte?

Aus Pietät setzte Scardanelli an dieser Stelle für einen Moment immer das Rasiermesser ab.

Ich hätte mich festhalten können, aber was wäre aus meinen Händen geworden, mit denen ich doch Klavier spielen muß?

Nach Dienstschluß lag der junge Mann in einem Zimmer und fühlte, allein, wie er war, das Sterben, ein Gefühl, das ihm neu war. Trotzdem tat er das Richtige: Er bekämpfte es mit Tellern von Teigwaren, auch wenn er dabei an den Geschmack einer Dattel dachte, an ihr flüssiges Fruchtfleisch, das Konzentrat ihrer Süße. Er kaute und verdaute also im Geiste weiterhin genau die Nahrung, die er als Kind genossen hatte. Das half, sich wieder wohl zu fühlen.

Es half auch beim Träumen. Beimischungen von Heimweh hatten die Träume nicht. Sie kümmerten sich um Tatsachen und betrafen Berufliches. Auf die Frage, wie er sich seine Zukunft vorstelle – eine Frage, die bei allen in Hörweite sitzenden Männern ebenfalls Interesse auslöste –, antwortete er ohne besondere Sorge um die Folgen, die seine Äußerung haben könnte, daß er keine prinzipiellen Unterschiede sehe zwischen Kopf-, also Haupt-, und Achsel- oder Schamhaar. Alles, sagte er, sei gestaltbar. Er würde Beweise erbringen, irgendwann.

Noch war die Sonne nicht untergegangen. Es war heller Tag. Es war ja gerade erst Mittag vorbei. Wie war es einem menschlichen Gehirn zu dieser Stunde möglich, mit Geständnissen dunkelster Machart provozieren zu wollen? Nach Ansicht der Ruheständler, die sich bei Signor Scardanelli einfanden, waren das Behauptungen, auf die man auch dann nicht gefaßt sein konnte, wenn man selbst Kinder, gar schon Enkelkinder hatte. Wann jemals war es vorgekommen, daß in einem Friseursalon die Existenz von Achsel-, geschweige denn Schamhaaren erwähnt wurde? Man schätzte den intimen Charakter, die geringe Ausdehnung der Räume mit dem alten Holz, den Waschbecken, den alten Spiegeln, Lampen und Regalen, aber daß es zu zotigen Attacken dieser Art kommen könnte, schien bis zu diesem Moment ausgeschlossen. Die Verblüffung führte zu Konfusionen. Was war davon zu halten? Jeder dachte etwas anderes und zog daraus wieder jeweils andere Schlußfolgerungen. Einem Herrn zitterten die gewachsten Enden seines Lippenbarts beim Gedanken an die Geistesgestörtheit ganzer Landstriche irgendwo auf der Welt, und er überlegte, ob man durch Vermessung seines Schädels einer Erklärung näherkommen könne. Einem zweiten war es angesichts der Unruhe in allen Köpfen zu gefährlich, sich auch noch rasieren zu lassen, er zahlte und ging. Ein dritter Herr suchte den Spiegel ab, vor dem er saß, um seine Brille zu finden, die er bereits abgelegt hatte, um den jungen Mann mustern zu können. Wie sah einer aus, dem man doch nie etwas angesehen hatte? Was immer er gemeint haben mochte, er hatte es gesagt wie eine Prophezeiung. Aber war es nicht Gotteslästerung? War das nicht der Tonfall, der all den Lärm erzeugt, der neuerdings Straßen, Plätze, ganze Viertel der Stadt in Mitleidenschaft zog? Oder hielt er alle hier für schwerhörig?

Aus Rücksicht auf den guten Scardanelli wurde nicht weiter diskutiert. Man hatte ja nur eine Frage gestellt.

Ab jetzt stand der junge Mann aber unter Verdacht. Schon sein Lächeln, wenn er träumte, machte seinen Chef mißtrauisch. Auch sonst war einiges, wie er plötzlich fand, an dem Burschen einer Erklärung unzugänglich. Bis es dann passierte.

Scardanelli traute seinen Ohren nicht, als er hörte, wie sein Geselle einen Kunden zu überreden versuchte, sich die Haare nicht nur schneiden, sondern anschließend noch bemalen zu lassen.

Sie meinen färben?

Ich male Farben in Ihre Haare. Sie werden sehen.

Was meint er, wandte sich der Kunde zu dem einen oder anderen nach hinten.

Natürlich dauerte es, bis man sicher war, sich nicht verhört zu haben.

Hatte er getrunken?

Aber nein, der junge Mann war nüchtern und machte munter weitere Vorschläge über passende Farben und mögliche Mischverhältnisse. Wie in ein Kissen hatte er seine Fäuste in die Haare des Kunden gegraben, in dichtes, starkes, altersgraues Haar, das ihn offenbar inspirierte. So hatte man ihn noch nie erlebt. Er war nie lebhaft gewesen. Viel von sich gegeben hatte er auch nie, bis auf Dummheiten. Jede Eigeninitiative war ihm ohnehin untersagt. Er wolle, sagte er, Haare zum Blühen bringen, und hob die Strickmütze, die er trug, und offenbarte einen Regenbogen, der sich von einem Ohr zum anderen über den ganzen Schädel bog.

Da sein Brotherr Künstler nicht duldete (weder als Angestellte noch als Kunden, mit der einen Ausnahme von Signor Lendvai, dem Witwer – und der, weiß Gott, reichte ihm –, und dem einen oder anderen Tenor, die aber schließlich Volkshelden waren, keine Künstler), verließ der noch immer namenlose junge Mann die Stadt und reiste weiter nach Venedig, wo er auf eine Anstellung oder Lehrstelle als Perückenmacher am Gran Teatro La Fenice, der dortigen Oper, hoffte.

Er hielt sich gesund durch Hoffnung. Die Folge war Gewichtsverlust. Dafür trug er jetzt ein Messer bei sich, Handgröße, ein Gegenstand zum Verlieben, wenn man ihn in der Hand hielt, den er anderweitig auch nicht zu benutzen gedachte. Bei Gefahr entschied er sich immer noch für Flucht.

Er war jetzt leichtfüßig, konnte ausdauernd laufen, vergaß dabei allerdings, daß es in einer Stadt, erbaut auf Wasser, im Ernstfall nicht wirklich ein Entkommen gibt.

Er umkreiste die Oper, den Campiello dei Calegheri, den Campo S. Maria Zobenigo, wartete auf Zufälle, die er als solche dann aber nicht zu deuten verstand, und zog weiter. Auf Zufallsbekanntschaften war er nicht trainiert. Er übersah seine Chancen. Von seiner Begeisterung für seinen Beruf und dem Zutrauen in sein dafür notwendiges manuelles Geschick einmal abgesehen, hatte er wenig zu bieten, was ihn auffällig machte. Als es zu ersten Kontakten mit Leuten von der Oper kam, war er überfordert.

Es stimmt, man ließ Neuankömmlinge, vor allem auch die noch blutjungen Kerle der Kadettenschule, ungern in Ruhe. Sie wurden taxiert, bewertet, aussortiert. Mit einer Prüfung beruflicher Qualifikation hatte das nichts zu tun. Es ging um Wichtigeres, den Augenblick der Überraschung, den Blick des Begehrens, das Verstehen, dem erst einmal die betörend phlegmatische Anwesenheit eines Jungen mit den entsprechenden Pobacken genügt, das Einverständnis einer Verabredung. Das ganze Viertel um La Fenice war Jagdrevier. Nachts wurde durchgeladen. Die Spielregeln entschied, wer spielte. Über das Glück entschied der richtige Augenblick. Vom Mitgefühl war wenig abhängig. Jeder war verwundet, jeder kaltblütig, jeder auf der Suche nach seinem Wohltäter.

Nichts davon war dem angehenden Friseur geläufig; und lernen wollte er diese Art zu leben auch nicht. So blieb er als Attraktion unbrauchbar, wertlos sogar als Notnagel nach hoffnungslosen Nächten und dem Trübsinn, etwa nach Alkoholgenuß. Man wollte nicht in ihn hineinbeißen! Seine Schüchternheit lockte nicht, alarmierte nicht einmal die Phantasie derer, die spezialisiert waren auf die todessüchtigen Wonnen ihrer Erniedrigung. Er blieb, was die Intrigen der Lust anging, unbeeinflußbar. Andeutungen prallten ab an ihm. Er selbst übermittelte auch keine Botschaften. Außerdem waren seine gleichmäßige gute Laune und seine unschuldige Freundlichkeit unerträglich. Wie sollte man in Stimmung kommen in seiner Gesellschaft?

Wie fehlbesetzt er für Gleichgeschlechtliches blieb, zeigt eine Episode, die man als Ernstfall einstufen muß. Als sich im Zimmer einer Pension, in das er sich eines Morgens noch vor Sonnenaufgang hatte einladen lassen, ein inzwischen zwar einigermaßen betrunkener, bis dahin aber leidlich sympathischer Mann urplötzlich als hochgefährlicher Kotfetischist entpuppte, der zuerst mit Fassungslosigkeit, dann mit einem Tobsuchtsanfall auf die Weigerung des Jungen reagierte, seine Befehle zu befolgen, was dem nun schon fast Wahnsinnigen die Nacht vollends versaute – und so hing der alte Mann, halb noch immer erregt, aber halb bereits wieder ernüchtert, in der Sinuskurve einer abrupt zum Stillstand gezwungenen Ekstase, hing an Gurten von der Zimmerdecke, ein in seiner Nacktheit lächerlich gewordener Eroberer, der das Gesicht haßte, das er anstarrte –, hatte der Junge in Panik nun doch nach seinem Messer gegriffen und es dem Tobenden vor die Gurgel gehalten, war dann, selbst darüber erschrocken, rückwärts zur Tür hinausgegangen und dann eine Treppe so unglücklich hinuntergefallen, daß er sich dabei mit dem Messer selbst verletzte. Natürlich kam dieser Vorfall ins Gerede, vor allem das unrühmliche Finale, über das man sich auf seine Kosten dann auch gehörig amüsierte. Niemand dachte danach noch daran, seine Karriere zu fördern. Keiner kommt für einen Job in Frage, dessen Zeremonien er ignoriert. Die freie Stelle ging dann an einen strammen Burschen, Protegé seines einflußreichen Liebhabers.

Er verließ, nicht wirklich entmutigt, die Lagunenstadt (eine Stadt im Geisterlicht mit dem Mond als Hauptgestirn) und reiste nach Wien, ehelichte unterwegs und ohne jedes Zögern eine Österreicherin und eröffnete, mit dem Geld einer aufgeschobenen Hochzeitsreise als Anzahlung, in der Griechengasse, begehbar über ein haarsträubend geschichtetes Kopfsteinpflaster in heillos historischem Zustand, einen orientalischen Basar, getarnt als Friseursalon.

2

Die Griechengasse in Wien markiert eine Grenzlinie, die sich, wirklich oder unwirklich, durch die Jahrhunderte zieht. Auf der einen Seite Sand der Sahara (Reste), von einem milden Südwind hier abgelegt, auf der anderen Filmplakate, in einem kleinen Laden, in dem Grace Kelly lächelt. Man kann vom Nil nach Hollywood die Hand ausstrecken. Es gibt starke Bedürfnisse, das zu tun, aber ein Händedruck ergibt kein Ganzes. Was zählt, ist das Gefühl im kleinen Finger. Er hätte Geiger werden können, wird aber Friseur. Die Erdhälften haben, wenn man Karotte, dem Jungen mit den krummen Haaren, glauben will, ihren eigenen Willen; sie improvisieren mit den Menschen, die sie bevölkern.

Friseure gab und gibt es in der Stadt viele. Frisöre und Coiffeure, Haar- und Hairdesigner, Haarschneidereien, Studios für Haarkunst. Den unsterblichen Salon Erika gab und gibt es immer noch. Und es gibt Neueröffnungen, minimalistischer Chic in Aluminiumverkleidung mit Beratungsspezialisten für Volumenbehandlung und verchromte Kabinette für *cut*-, *curl*- und *nail*-Dienste. Aber Haare wachsen langsam und sind zeitweise einfach nebensächlich. Es gibt Phasen, die dem Erfinden von Haarkunst wenig förderlich sind. Man denke an den Stillstand, den die Einheitsfrisur auslöste, später der Einfall, alles einfach wachsen zu lassen, wie es wollte, über die Ohren, den Kragen, die Schultern. Beatlemania, Woodstock, Flower-Power …, davon hat sich die Branche lange nicht erholt. Ein ganzer Berufsstand war bedroht. Eine ganze Generation schüttelte die Zotteln. Haare schneiden? Man ging doch deshalb nicht zum Friseur! In Wohngemeinschaften war Friseur, wer eine Schere auftreiben konnte. Die ging dann im Kreis herum, egal, ob Papier- oder Nagelschere, und auch das nur in Notfällen, wenn störende Umstände wie Vorstellungsgespräche oder ungünstige Gerichtsvorladungen vorlagen, bei denen es mit einer Haarwäsche allein nicht getan wäre. Behutsam schnippelte man sich zurecht, sehr vorsichtig und ausschließlich millimeterweise. Schließlich war die Mähne, die man trug, ein Heiligtum. Man war unter seiner heiligen Mähne im Zirkel der Unantastbaren angekommen, saß im Lotossitz in einer Gruppe oder privatisierte im Kopfstand – alle zusammen bildeten sie eine Festung, die jedes Mitglied abschirmte gegen die Zumutungen der Außenwelt, die kurzgeschoren daherkam, geschoren von Friseuren.

Die Zeiten besserten sich, zumindest die für die Innung der Friseure. Man einigte sich, das heißt es war nützlich, sich geschlagen zu geben. Wer als Langhaariger auf der Warteliste landete oder gleich auf der Straße, wurde wieder höflich jedem gleichgestellt, der sich nur den Nacken ausrasieren lassen wollte. Der Ausdruck ›ordentlicher Haarschnitt‹ wurde ausgesetzt. Das ließen sich nicht einmal Zehnjährige mehr gefallen, auch nicht im Beisein einer Aufsichtsperson. Mit den Amtsanmaßungen war es vorbei. Der Herrenfriseur mußte abrüsten, um die Miete reinzukriegen. Die Zeit seiner Eitelkeiten war Geschichte.

Wurden Haare geschnitten, durfte es danach niemals wie ein Haarschnitt aussehen. Wer nach einem Friseurbesuch nicht aussah wie nach einer Rauferei in Molly Darcy's Irish Pub – oder, noch besser, am Morgen danach –, war unbrauchbar als ernstzunehmender Zeitgenosse. Man brauchte ja auch keinen Kamm, wenn man doch Finger hatte. Den Rest frisierte der Fahrtwind, Spucke, ein Wasserhahn. Es war aussichtslos, einem noch mit Pomade kommen zu wollen. Außerdem war es ein Kräftemessen mit Staatsgewalten, in der Unordnung auf dem Kopf ein Versprechen der Zukunft zu sehen, eine Grundvoraussetzung für die Vorstellung vom richtigen Leben. Warum sich einmischen? Wildwuchs war Wahrheit!

Der Friseur schraubte sein Schlafbedürfnis herunter und nützte die Zeit, die ihm blieb. Er trieb sich herum, bis es keinen mehr gab, den er nicht kannte. Vor allem kannten bald alle ihn. Er lernte die Maler kennen, die vor allem, die in Wien berühmt waren, ihre Stammkneipen, ihre Saufgewohnheiten, ihre alten und neuen Freundinnen und, nach und nach, auch die Bilder, die sie ausstellten. Er staunte nicht schlecht. Auch was er nicht verstand, gefiel ihm. Ihm gefiel alles. Er staunte auch über den Größenwahn der Künstler, ihre Gier nach Geld, die sie antrieb, ihre Ruhmsucht und den Ehrgeiz, sich durchzusetzen. Die gingen über Leichen, auch über die eigene.

Ohne nach Zuständigkeit suchen zu müssen, belebte sich das Haus Am Hafnersteig in der Griechengasse trotzdem, ein Bürgerhaus aus dem 17. Jahrhundert (mit Nachbesserungen aus dem 18.), an seiner Frontseite rot-weiß-rot beflaggt und damit ausgewiesen als nationales Kulturerbe.

Der Basar florierte, weil er Empfindungen auslöste, die mit einem ausrasierten Nacken oder gestutzten Koteletten nichts zu tun hatten. Mit einem Haarschnitt allein war Atmosphäre nicht zu erzielen, auch mit immer frischen Schnittblumen in

Vasen nicht oder einem Fidel Castro im Rokokorahmen, weder mit vergoldeten Wasserhähnen noch mit Endlosschleifen einheimischer Walzermusik. Schon eher empfand man auf Anhieb das Klavier sympathisch, das eine Zeit lang im hinteren Raum stand. Es war die Gage von einem Film und lockte die Jazzmusiker an, die kein eigenes besaßen. Die Sauberkeit, die man in einem Friseurgeschäft voraussetzte, durfte nicht sichtbar sein. Es war wie mit den Haaren selbst, sie sollten nachher aussehen wie vorher. Es durfte nichts den Eindruck stören, man sei bei sich zu Hause oder bei Freunden zu Besuch. Dort riecht es ja auch nicht nach Haarwasser oder Dämpfen von Lavendel, die Dauerwellen entströmen. Der ganze Friseursalon durfte nicht aussehen wie einer. Schon gar nicht der Friseur. Am besten blieb unklar, ob man überhaupt in einem Friseurgeschäft war. Und ob der Friseur es ernst meinte! Flocht er denn nicht noch immer Zöpfe aus Kamelhaar? Hatte er nicht eigentlich ein Theater eröffnet, sein eigenes diesmal? War deshalb jeder willkommen, der keinen Unterschied machte zwischen Lebenden und Toten?

Wer hier eintritt, betritt ein Zauberreich. Es ist soweit. Die Welt, in der wir leben, verliert ihren Schrecken. Oder wie der emeritierte Staatsrechtler, der hier auch gern aufkreuzt, es nennt: Es ist Kindergeburtstag, in welchem Stadium der Dekadenz auch immer. Sein graues Haupt verschwindet gerade unter einem Handtuch. Er selbst sieht jetzt aus wie ein Prätorianer. Aber die Welt kann gerettet werden! Genau das hatte er sein ganzes Leben nicht wahrhaben wollen und hätte die Kiste Château Lafleur Pomerol, die noch in seinem Keller lagert, verwettet, daß er den Tag seiner Bekehrung nicht mehr erleben würde, schon gar nicht an einem Ort wie diesem, einem Friseurgeschäft. Daß ihm dabei gleichzeitig Reste seiner

Dissertation durch den Kopf schießen, ist unvermeidlich und hat mit den geschickten Händen des Lehrmädchens zu tun, das ihn massiert. Der Titel seiner Arbeit ist so kompliziert, daß er ihn nie vergessen hat. *Die Vernunft, die betet, oder: Der Glaube an Kriege. Von der Chancenlosigkeit friedlicher Koexistenz – unter Berücksichtigung globaler Verhältnisse.* ›Unter Berücksichtigung menschlicher Verhältnisse‹ hätte es heißen müssen, da lag der Fehler. Globale Verhältnisse? Dazu neigt man eben, wenn man jung ist. Es klang gut, ausgezeichnet klang es, war aber geschmiert. Ein Wissenschaftler soll ins Mikroskop schauen, auch ein Staatsrechtler. Aber er imponierte lieber. Er hatte die Welt mit der Nachsicht behandelt, die zwar einem studierten Pessimisten zur Ehre gereicht (und bessere Examensnoten einbrachte), bis zum Gebet ist er aber weder schriftlich noch praktisch gekommen. Soviel Vernunft war immer in ihm übrig, um die Augen nie ganz nach innen richten zu müssen. Globale Großflächen im Blick, war er blind für die Heiterkeit der Unordnung. Er hat das Detail im Einerlei übersehen. Er hat nie mit den Außenflächen seiner Gedanken Karambolagen riskiert. Ihm war die Schöpfung, die der Schlendrian aus sich selbst gebiert, damals nicht einmal eine Fußnote wert. Krieg war Umschichtung von Ordnung, kein Chaos. Nur kein Chaos, auch kein friedliches. Wie lang hatte er dem Chaos die Autorität streitig machen wollen, statt es als unentbehrlich, als das uns Unentbehrlichste zu feiern, als das, was es ist, die unbesiegte Wildnis, eine innen wie außen gerettete Landschaft, die jeder Perfektion widersteht. Und warum? Sie ist es schon, sie ist perfekt, und das seit Anbeginn der Erde.

Von dem Tag an, als er das Schild von der Tür seiner juristischen Praxis abschraubte, stemmte er sich den Forderungen der menschlichen Gemeinschaft mit dem Eigensinn eines Individuums entgegen, das nur noch Gefallen findet an der Auffälligkeit des Unbekannten, der Heilkraft von Kleinigkeiten, der Wirkung unbedachter Bewegungen, wie er sie hier, in diesem Zauberreich, in strotzender Fülle beobachten kann.

Im Einklang mit der verlorenen Welt seiner frühesten Erinnerung ziehen nun neue Nomaden ihrer Wege, und das in mehr als nur in die vier bekannten Himmelsrichtungen. Narren tauchen auf und unter, verrutschte Philosophen, Stotterer, gemütliche Giftler, Spinner (alle Variationen, vom harmlosen Spaßvogel bis zum pathologischen Extremfall), Spezialisten für apokalyptische Visionen, Lebensverschwender mit dem Ehrgeiz, es ungenutzt verstreichen zu lassen, Verirrte auf der Suche nach ihrem Niemandsland. Es treten ein Damen der Gesellschaft, auch der besseren, die andernorts damit zu imponieren wußten, wie sie es gewagt haben konnten, den Fuß in die Welt ihrer Enkelkinder gesetzt zu haben, kultivierte ältere Herren, souverän im Umgang mit unverbrauchter Neugier und der Unendlichkeit ihrer Geduld. Rentner erwarten ihre Verjüngung, Entsprungene die Freiheit. Niemand wäre auf die Idee gekommen, den provisorischen Zustand anheben zu wollen etwa auf das Niveau eines Dienstleistungsbetriebs. Schon gar nicht, wenn die Tür aufgeht und Mozart (1756-1791) den Basar betritt. Ein Genie darf sich selbst zweihundert Jahre nach seinem Tod alles erlauben.

Karotte wundert sich trotzdem. Liegt Wien im Himmel?

Den Friseur sieht man seine Finger anstarren, die er bewegt wie einer, der nachrechnet, Jahre, Jahrzehnte, Jahrhunderte, nicht mitgerechnet die Gedanken, die er hat – und nicht versteht.

Der Tod besteht nicht darin, daß man sich nicht mehr mitteilen, sondern daß man nicht mehr verstanden werden kann.

Wie hält das ein Mensch aus, nicht zu sterben?

Das ist ja das Wunder. Ich pfeif auf das Wunderkind. Ich, ein alter Mann, bin das Wunder.

Um so ungestörter geht das Personal zu Werke, ganz im Sinne ihres Chefs, der in jedem Interview, das er gibt (und er gibt für sein Leben gern welche), Wert legt auf die Bemerkung, die Grundlage seines Berufs sei Großzügigkeit. Es ist alles erlaubt, was Haare hergeben, vom historischen Kopfputz bis zum politischen Manifest. Es wird toupiert und geglättet, gerollt und verlängert, tätowiert und gebleicht. Vor den Spiegeln entstehen feenhafte Verspieltheiten ebenso wie Protestfrisuren gegen Rechtsradikalismus und Folter oder gelgestärkte, seitlich wie Flügel wirkende Haarwände, die taubenblau den Weltfrieden symbolisieren sollen. Es gibt, was als »Gemüseabteilung« geführt wird, Treffpunkt der Liebhaber von Rettich- und Karfiolfrisuren. Es gibt den sog. ›Nubischen Thron‹ (mit einer Plastikpalme daneben). Wer dort Platz nimmt, will schwarze Haare. Das Angebot ist reichlich. Alles, wie der Friseur versichert, grundverschiedene Schwarztöne, von Hellschwarz über Hochschwarz bis Hengstschwarz, aber da fragen Sie am besten meinen Fachmann, der Ihnen das alles gerne erklärt. Und sage keiner, man erinnere sich hier nicht auch an die Klassiker, die Turm- und Schwebe-, Schwing- und Kipphaarfrisuren, Kunstwerke aus echten und geleasten Haaren, Frisuren im Geiste der Kostümierung – wie jene, die sich Marie-Antoinette, als sie noch ungeköpft war, von ihrer Putzmacherin hatte entwerfen lassen, und die als *Ques-a-co* (statt Qu'est-ce que c'est) in die Geschichte einging, eine Wortschöpfung, die wir der Spottlust eines gewissen Pierre-Augustin Caron de Beaumarchais verdanken, jenes falschen Adligen, der einem Friseur, einem Figaro, zu Weltruhm auf der Bühne verhalf, eine *Was-ist-das-denn*-Frisur, eine Modefrisur jener Tage, ein parfümierter Turmbau von Haaren, wahlweise mit oder ohne hohe Federn. Werfen wir auch noch einen Blick in eine von ihm einst aus den Staaten mitgebrachte Kostbarkeit, die sich wie die Getränkekarte einer Cocktail-Bar liest und auflistet, was an Frisuren nicht nur in New York, Hollywood oder Hawaii, sondern auch in der Griechengasse sozusagen jederzeit lieferbar ist:

Just Peachy
White Mix
Frivolous Fawn
Honey Doux
Titus-cut
Elephant trunk

– dazu jede Menge *bobs* und, natürlich, Platinum-Variationen, nicht zu vergessen die Entenschwänze, gotischen Locken (in Taubenperlmutt) – und, als Spezialität des Hauses, Scheitel wie Schnittwunden.

Wer seinem Bürstenschnitt eine Tätowierung verpassen will, dem kann geholfen werden. Eine Glatze (neuester Slang: Zero Zero) ist für den Friseur kein Grund, sich nicht an die Arbeit zu machen. Wer nur einen Kaffee will, kriegt ihn. Wer nur reden will, findet immer einen, der zuhört. Wer sich nur eben mal schnell selbst bedienen will, kann das ungehindert tun. Neben dem Telefon liegt ein batteriebetriebener Rasierer, so eingestellt, daß die Rasur als Ergebnis einen Zweitagebart zurückläßt. Natürlich gibt es auch den einen oder anderen Besucher, der nur hereinschaut, weil ihm von diesem Friseur wie von einer Sehenswürdigkeit erzählt worden ist. Oder dem, was auch vorkommt, irgendein Witzbold weisgemacht haben muß, daß er die weltweit einzig verläßliche Tinktur gegen Haarausfall entdeckt habe.

Dazwischen machen Heftchen mit Poesie, hektographierte Stadtzeitungen, ein Manifest Zum Schutz Unterschätzter Talente die Runde. Ein Irokese nagt an einem Sandwich. Das Kamel will gefüttert werden. Eine auch im Sommer in ihren Polarfuchs gehüllte alte Emigrantin baltischer Abstammung ist da, bekannt dafür, daß sie ihre Seife wie immer von zu Hause selbst mitbringt, um ihre Finger in einer extra damit angesetzten Lauge ruhen zu lassen.

Ich verwette meine letzte Zigarette, singt ein *bottle-blond*-blondes Trashgirl, kratzt Dreck aus ihren Wimpern, läßt das angefangene Liedchen unvollendet in der Luft hängen und seufzt ein wenig. Auf ihrer Halsschlagader vibriert das Henna-Tattoo einer Schlange. Es gibt hier nichts zu hassen, was auf Dauer, wie sie findet, langweilt. Es trifft den Irokesen ein Blick, der die kleine Verschnaufpause in angenehmer Gesellschaft für beendet erklären soll. Der wirft eine Münze, nickt, erhebt sich und folgt seiner kaum erwachsenen sommersprossengesprenkelten Stupsnase zur Tür. Dort lassen sie sich noch Zeit für einen Kuß – und schau, wie sie sich freuen über das Klicken all der Piercing-Kugeln, mit denen sie beide bis in den Gaumen hinein bestückt sind.

Hin und wieder, wie gesagt, erscheint Mozart, übermüdet vom Nachruhm. Wir alle kennen natürlich den Grund seines

Erscheinens: das *fun*erfahrene, neonhell strahlende Lehrmädchen, das ihm sofort nach Eintreten immer einen Kaffee serviert, liebenswerterweise, wenn auch nur für einen kurzen Augenblick, ihre wohlgeformten Brüste entblößt und sich anschickt, seine Perücke zu entsorgen. Er nennt sie Anna, aber in Gedanken. Er hat sie gekannt, da war sie sechzehn, und manchmal, wenn er in der Kärntner Straße ihre Eltern besuchte, hat sie für ihn gesungen. Die Menschen sind unvollkommen, wenn sie nicht singen. Anna war vollkommen, was schon vier Jahre später, wie man sieht, das gleiche Mädchen kaum noch interessiert. Da hat es bei ihm länger gedauert. Er war schon tot, als er das Interesse an dem jungen Mann, der er war, allmählich verlor. Die Ähnlichkeit mit dem, dem Maria Theresia einmal eine mit Diamanten bestückte goldene Taschenuhr geschenkt hatte, war aufgebraucht.

Er deutet auf den Boden neben sich. Was ist das, Knochenmehl?

Sand, nur Sand, einfacher Sand. Herübergeweht aus den Wüsten.

Sie verblüffen mich. Der Komponist bückt sich und nimmt sich eine Handvoll. Kennen Sie sich damit aus?

Jedes Korn ist älter als jede Ihrer Kompositionen.

Das gefällt Mozart. Ja, ja, ganz recht. Zuerst ist es Sand, dann kommen die Komponisten und machen daraus kleine Steine.

Große, Wolfgang, große Steine.

Nein, nein, große Steine sind was für die, die Straßen bauen, Autobahnen, Landepisten, Staudämme. Kleine, sagt der Komponist, kleine, sonst klingt es nicht. Es klingen ja nicht die Steine, sondern der Sand. Im Grunde sind es auch nicht die

Sandkörner, die klingen, sondern die Luft dazwischen. Das ist das Problem. Sand ist schlechter zu verkaufen als Steine. Und mit Luft, dem wichtigsten Bestandteil des Klangs, machen Sie erst gar kein Geschäft. Man will sehen, was man kauft. Man muß es anfassen können. Aber das Zeug, wenn es was taugt, hält nicht. Es zerfällt. Es taugt nur mit hohen Luftanteilen. Er läßt den Sand von seiner Handfläche zu Boden rieseln. Hören Sie?

Der Friseur versucht nachzudenken, ob er etwas hört. Der Laden ist bumsvoll. In allen Waschbecken wird gearbeitet. Es stehen mindestens ein halbes Dutzend Kunden, Freunde und Nichtstuer herum, die Lärm machen. Er hört draußen einen Streifenwagen. Er hört, daß man endlich mal eine andere CD auflegen könnte. Das Telefon steht auch nicht still. Fehlt nur noch, daß er sich auf die Luft zwischen den Sandkörnern konzentrieren soll. Was soll er dem Komponisten antworten? Seine Haare jedenfalls sind in keinem guten Zustand.

Nichts ist Zufall, alles Notwendigkeit. Hören Sie? Man kann es genau hören. Sandkörner, wenn sie sich bewegen, machen keine Fehler. Auch Luft bringt sie nicht dazu, sich eigensinnig oder künstlich zu verhalten.

Karotte stellt sich vor, was passiert, wenn sich im Sand Luft mit Licht mischt. Wie klingt das?

Wie Wind. Es klingt wie der Wind. Versuchen wir's. Mozart geht mit dem Rest Sand in seiner Hand zum Fenster, hält die Hand in den Sonnenstrahl, der hereinfällt, und läßt ihn wieder zu Boden rieseln. Hören Sie jetzt? Hören Sie den Unterschied?

Der Friseur hört nicht nur den Unterschied nicht, er hört überhaupt nichts, jedenfalls nichts, was Mozart gemeint haben kann.

480 Unzen feinen Sands hatten den Gegenwert einer Stunde. Das war in meiner Jugend. Ich war jung, wie Anna heute.

Mal sehen, was sich machen läßt, überlegt der Friseur. Wenn Sie sich vorher noch die Hände waschen wollen? In der Zwischenzeit denkt er nach, mit welchem Haarschnitt er dem kaum brauchbaren Material auf dem Schädel des Komponisten zu Hilfe kommen könne, und entscheidet sich, schon aus Eigeninteresse, für einen *crew-cut*, den klassischen Kurzhaarschnitt *american style*, mit einem Sonnenaufgang als Bemalung (als Dreingabe), denn was er abschneidet, hebt er auf; er wird das Tütchen mit den Haaren später beschriften.

Für den Moment ist sich Mozart sicher, am richtigen Ort zu sein. Die hier Tanzenden sind auch alle ein wenig schon tot, und was gleicht die Mühe des Lebens besser aus als der Glücksmoment, dem Zeitdruck der Sterblichkeit entkommen zu sein?

Von ähnlichem Glück scheint auch der Friseur zu zehren. Er lebt, als schliefe er, beschützt von Fettschichten, die sich bei ihm wohl fühlen. Sie kümmern sich auch um seine Seele. So gleicht der Mann, von dem hier die Rede ist, nicht nur äußerlich jener langsam wandernden Sanddüne, auf der er einst gefunden wurde. In ihm sind Kräfte konzentriert, die auf unteilbaren Besitz aus sind. Er bewacht etwas Unersetzliches: sich selbst.

Er produziert in den Lücken seiner Arbeit private Zeit. Die verteilt er großzügig als Geschenk. Ihm ist der Wert seiner Gabe, ihre Kostbarkeit, natürlich unbekannt. Profiten steht er ahnungslos gegenüber. Daß er in einer Zeit, wo keiner Zeit hat, eine Rarität zum Nulltarif anbietet, müßte ihm einer erst umständlich erklären; dazu aber ist keiner bereit. Und es wäre auch nutzlos. Hauptsache, die Uhren (und Termine) haben ein Einsehen mit ihm – und dem Kunden, auch wenn der es noch so eilig hat.

Es ist natürlich nicht eindeutig feststellbar, ob man so Kunden fängt oder verliert. Nicht jeder ist ja in der Laune, abzuschalten, und sei es nur sein Handy. Im Kopf klingelt es aber auch ohne Handy munter weiter, laut und nonstop. Dagegen haben diese Typen hier, wie der Eilige feststellt, die Ruhe weg, wirklich. Sie bewohnen, wie es scheint, eine andere Erde, einen Planeten mit gedrosseltem Tempo und rätselhaft freiem Fall. Sie brennen sich Löcher in die Gehirne, was dann die richtige Temperatur abgibt für den Exodus aus dem Alltag. Fluchtwege ins Nirwana, dazu Dosenbier – nun heißt es nur noch abzuwarten, bis sie unten aufschlagen. Bis dahin genügt es, dem Kamel beim Kauen zuzuschauen, eine letzte Runde um den Block zu drehen, mit jedem, der noch erreichbar ist, Verabredungen zu treffen. Treffpunkt nach Mitternacht, Hauptquartier Hot Lotion, wo die der Gottheit der Raserei huldigende Rockband Durst F-30 gerade gastiert. Am besten halbtaub, in keinem Fall aber nüchtern überrascht werden, wenn die Welt untergeht! Einen Weltuntergang will man schließlich noch mitnehmen an Erfahrung. Oder, wie einer mal meinte: Also, ich finde, man muß das einfach mal miterlebt haben, finde ich! Was ist denkbar, wenn nicht alles? Stehen plötzlich die Weltmeere senkrecht? Platzt der Glutkern? Tropft die Erdmasse vom blauen Planeten? Der Big Bang, wie klingt so was im Ernstfall? Oder hört eines Tages nur der Regen nicht mehr auf, nie mehr? Selbst die Hartgesottensten setzen, um nichts zu verpassen, ihre Sonnenbrillen ab. Eine Giftwolke schwebt über dem Abendland, die auch kein Morgenland verschonen wird. Vielleicht fällt die Erde auch nur leise zurück in die Fäulnis ihres Anfangs, in den Schöpfungsschoß ihrer Urschlammvegetation, wo nur überlebt, was kriecht. Angenommen, sie bricht nur einfach entzwei, in zwei oder drei Teile – mit welchem Bruchstück abdriften? Wo sich festhalten? Warum? Wohin? Richtung Venus wenigstens? Im Idealfall steht neben dir ein Engel – aber der hält die Hand auf. Tja, singt er, nichts zu machen. Die rettende Hand gibt es nur gegen Honorar. Aber die Nervösen, die *global players*, die halbwüchsigen Firmenbosse, die Typen, die nach Dienstschluß Liebesgeschichten halbieren, spüren, wie verführbar auch sie sind. Ist das etwa nichts, freut sich Karotte und heißt jeden, der eintritt, willkommen an Bord eines als *Fliegendes Osterei* patentierten Raumschiffs, das auf eine stolze Geschichte von Bruchlandungen verweisen kann.

Nun, das ist *seine* Theorie. Ich vermute vielmehr, daß im Weltall irgendwann einmal ein Friseurgeschäft explodiert sein muß und Trümmer davon hier noch herumliegen, Reste des Mobiliars, Überreste von Überlebenden. Um so mehr muß man den Friseur in diesem Trümmerfeld um die Unwiderstehlichkeit seiner Gemütsruhe beneiden; und die meisten tun das auch. Wer, wenn nicht er, könnte dem Weltuntergang eine Mittagspause verordnen, dem Chaos ein Stündchen Siesta, der Katastrophe Zeit für ein von Karotte mit illegalen, weil euphorisierenden Substanzen gestopftes Friedenspfeifchen? Er könnte, wie er so dasitzt, der Mann sein, der seine Wiedergeburt bereits hinter sich hat.

So schaukelt dieser seltsame Salon wie ein Papierschiffchen, beladen mit Resten abgeschnittener Haare, durch die

Nachmittags- und Abendstunden dieser Welt. Und draußen vor der Tür weigert sich Österreich noch immer, die Katastrophen seiner mißlungenen Geschichte auszukurieren.

Wenn sich der Friseur manchmal allerdings so umschaut in der Gesellschaft, die ihm zuströmt, ahnt er, daß Denken nicht hilft (auch nicht in Kombination mit fettverbrennenden Drogen), im eigenen Leben etwas zu entdecken, was nur einem, nur einem selbst gehört. Wo beginnt, wo endet das Territorium, das man schützen muß? Was er weiß, ist folgendes, auch wenn er diesem Wissen gegenüber gern den Dummen spielt: Auch nach ihrem Verfall bleiben die Zeitalter, die wir historisch nennen, in uns aktiv. Der Körper, den wir bewohnen, ist auch der Aufenthaltsort unserer Vorfahren, und die Seele, jede Seele, überbevölkert vor allem von Toten, die keineswegs alle schweigen. Sterben ist eine alte Sache. Wer versteht schon genug davon?

Schade, daß der Friseur nichts für Opern übrig hat; was ihm seine Frau im übrigen mal mehr, mal weniger übelnimmt, denn sie findet, daß der Mensch auch vom Zustrom von Gefühlen lebt, die ausgestorben scheinen – und nur auf einer Bühne noch zu haben sind. Dort gelten für das Sterben Gesetze, die er gut verstünde. Er weiß, daß die Tore der Totenreiche nicht nur nachts zur Geisterstunde weit, weit offenstehen. Die Kunst diktiert die Zeitrechnung, nach der ein Toter endgültig zu verstummen hat. In der Verdi-Oper Othello, 4. Akt, 3. Szene, dreht der Titelheld seiner Angebeteten den Hals um, auch noch unter der wüsten Beschimpfung: Nieder mit dir, falle, du Dirne. Sie darauf: Mitleid. Er: Stirb! Sie: Laß mich diese Nacht leben. Er: Nein! Sie: Eine Stunde. Er: Nein! Sie: Einen Augenblick. Er: Nein! Nur um ein Ave zu beten, bettelt sie. Er: Es ist zu spät! Es ist zu spät! Darunter im Textbuch Klammer auf – Er drückt ihr die Kehle zu! – Klammer zu. Mehr als ein Ah! kriegt Desdemona nicht mehr heraus. Aber die Oper hat, als das surrealistische Kunstwerk und -stück, das sie ist, immer noch ein paar visionäre Überraschungen auf Lager. Sie erkennt den physischen Tod nicht an. Singen ist unsterblicher als sterben, und schöner auch. Gesang erkennt den Tod nicht an als Resultat von etwas so Banalem wie beispielsweise einem Herzstillstand. Nach einigen Minuten Opernzeit singt Desdemona wieder. Sie lebt vielleicht nicht mehr, aber ihr Sterben dauert über ihren Tod hinaus. Wer stöhnt da? singt Emilia. Na, wer wohl? Desdemona! Sie stöhnt nicht nur, sondern singt *Nessuno … io stessa … al mio Signor mi raccomanda … Muoio innocente … Addio,* jene unsterblichen Verse, die auch der würdigen kann, der kein einziges Wort Italienisch versteht.

Ein gewisses Fräulein von Lehnhart-Kilany, eine Stammkundin, scheint besonders begabt dafür, sich an Bord wohl zu fühlen, eine ostereierrunde Häsin, die nichts von Navigation und nichts von günstigen Flugrouten versteht, aber das Armaturenbrett der Pilotenkanzel bewundert, weil es sie an blinkende Juwelen erinnert, ausgeschüttet vor ihren Augen; sieht nicht alles aus, als habe man drei mal drei Wünsche frei?

Sie ist natürlich – was sonst? – Künstlerin, ein von unerfüllten Wünschen zerschrammtes Wesen, das in einem Überlebenskampf erstarrt scheint, und das mit einer Ausdauer, die nur noch alter Adel aus dem Hut zaubern kann. Die Bilder, die sie malt, sind vor allem eines: bunt! Ich bin sicher, in jedem Krankenhaus liegen welche, die sich so etwas in ihrem Kummer gern zur Aufheiterung anschauen würden; ich meine, immer noch besser, als zwischen Schnittblumen abkratzen zu müssen, die schon im Zimmer aussehen wie Friedhofsschmuck. Was aus harmlos hingepinselten Bildchen aber noch lange keine Kunstwerke macht! Sie aber träumt davon, damit partout die New Yorker Kunstszene aufmischen zu wollen, hat immer, für alle Fälle, einen Katalog ihrer Arbeiten in der Tasche, Pläne für den endgültigen, und zwar total internationalen Durchbruch im Kopf und ein, wie sie behauptet, angeborenes Bedürfnis, Champagner trinken zu müssen, das erste Glas spätestens nach dem Frühstück. Ein Luxus, stöhnt sie, und das bei meinem Kontostand. Was soll nur aus mir werden?

Was soll aus einer werden, die Fellatio für Hamlets Bruder hält und Shakespeare auf der Getränkekarte sucht?

Ihre Bilder sind natürlich nicht nur bunt, sondern befleckt vom Ehrgeiz, einen Farbenreichtum vorzutäuschen, der Begabung voraussetzen würde. Ob sie Kunst nicht doch mit dem Komfort verwechselt, jeden Tag einfach bis in die Puppen schlafen zu können? Um dann ausgeruht durch die Parties zu surfen, und zwar immer in Gischtnähe. So sieht sie sich: eine Diva (mit dem Künstlernamen in spe Valentina da Vina), mit nackten Schenkeln in der Brandung ihrer nächtlichen Streifzüge stehend, zwischen den Lippen eine Zigarre und sterbenskrank verliebt in die Millionen eines Millionärs. Nur fehlt der noch, aber irgendeiner wird sie eines Tages (wohl schon eher eines Nachts) aus den Fluten fischen. Sie kennt die Stimmung, sich retten lassen zu wollen, und wäre nicht abgeneigt, es zur Abwechslung auch einmal bei Tageslicht und ohne vorher getrunken zu haben auszuprobieren, zum Beispiel jetzt, gleich jetzt, gleich hier! Auf der Stelle! Warum nicht? Sich berühren lassen, sich anfassen lassen. Sich in eine

Schlampe verwandeln, wehrlos, schamlos, verdorben, und bis zum Schwachsinn damit zufrieden sein. Sich benutzen, bespucken, abschlecken lassen, weiter nichts. Mein Gott, nichts weiter, sich einfach nur mal wieder wohl fühlen!

Sie merkt, sie muß aufpassen. Es ist schon vorgekommen, daß sie pissen muß dabei. Sie weiß, sie darf das. Aber so selbstbewußt, daß sie sich dabei nicht doch schämen würde, ist sie immer noch nicht. Besser, sie öffnet die Augen wieder. Und was sieht sie? Ein Gesicht, in dem sich ihr Übergewicht unregelmäßig zu verteilen begonnen hat. Kommt von den Kopfschmerzen, behauptet sie. Und die Kopfschmerzen kommen, weil mich niemand fickt. Ja, fickt. Ein Fick pro Woche, ist das nicht Menschenrecht? Übertreibe ich? Mache ich irgendwas falsch? Sind es die Ansprüche, die ich stelle? Immer sind es die Angsthasen, die mich anstarren, sich dann aber aus dem Staub machen. Ich bin eine Naturgewalt. Mir ist keine Schweinerei fremd. Aber ist das alles? Wer weiß schon, wie klein ich sein will, wie still, sobald mein Herz sich meldet. Komm, Geliebter, wer immer du bist, betet sie und verzieht sich auf die Toilette, wo sie sich erst einmal einschließt. Es müßte nicht unbedingt der Unbekannte Geliebte sein, ein Rädelsführer der Phallischen Internationale. Einer mit schneidigen Hoden täte es auch. Mach, was immer du kannst. Mach es. Ich bin zäh. Mich lieben Millionäre. Ich weiß, wie man lachen muß, wenn sie witzig sein wollen. Ich porträtiere ihre Pferde, Pudel und Singvögel. Ich mache es ihnen nur noch manchmal mit der Hand, aber es ist mühsam. Das ist das Geld nicht wert, selbst wenn sie großzügig sind. Noch weniger sind es die Komplimente wert, die ich mir anhören muß, wenn's bei ihnen mal wieder nicht so richtig geklappt hat. Es nützt ja nicht mehr, nur nackt zu sein.

Nachtschwester auf Schatzsuche, kommentiert Karotte den zehrenden Zustand der Adligen und geht, bis sie zurückkommt, vorsichtshalber schon mal den Fön holen.

Sie sitzt auf dem Topf, redet weiter mit sich selbst und wartet ab, ob die Blase will. Hartnäckig versucht sie, sich zu entspannen. Es klappt nicht. Die Blase streikt, sie will nicht. Es klappt nie, weiß sie, wenn sie erst groß nachdenkt. Einen Sprühstrahl kann man sich wünschen, nicht aber herbeibefehlen. Es wird nichts mit dem Vorhaben, in einer Explosion Ruhe zu finden. Die Stauwärme im unteren Nabelbereich hat ebenfalls nachgelassen. Nichts zu machen, beschließt sie, und betätigt die Wasserspülung trotzdem. Wenigstens soll es sich sauber anhören, wenn die Tür aufgeht.

Sie kommt zurück, mit einem Glas Wasser. Gibt mir jemand ein Alka-Seltzer?

Scheiße, flucht sie, ich war doch eben noch bester Stimmung. Und schüttelt, als wolle sie ihn loswerden, den Kopf. Ist das Leben nicht *grauenhaft*?

Der Friseur bekundet Respekt für die Frage, bleibt eine Antwort aber schuldig. Außerdem kann er nicht sprechen. Eine ihrer Locken, die sich um einen seiner Finger gewickelt hat, löst bei ihm gerade eine Art Geistesabwesenheit aus, wie sie Opiumraucher beschrieben haben. Was alle für Höflichkeit halten, ist in diesem Moment nichts weiter als völliger Stillstand von Interessen. Ein komfortabler Zustand, der nie lange anhält; zwei, drei Minuten. Dann spürt er wieder, daß er Schuhe trägt, der überdeutliche Hinweis auf Lebendgewicht.

Es *ist* grauenhaft, glaub' mir. Übrigens, was mir gerade einfällt, weil du mich zwingst, andauernd in den Spiegel da vor mir starren zu müssen. Kennst du nicht jemanden, der Pässe fälscht? Ich meine, mein inzwischen ziemlich ranziges Geburtsdatum müßte mal runderneuert werden. Ein Jährchen oder zwei weniger, dafür kommt man doch wohl nicht gleich ins Gefängnis, oder? Sie kontrolliert ihren Puls, zählt aber aus Desinteresse nicht mit. Ich müßte zehn Stunden schlafen, und das nicht unbedingt immer tagsüber, am besten auch noch bei offenem Fenster, und Sport treiben, abschlacken, mich mal wieder so richtig entgiften. Es ist nur so, überlegt sie und findet nicht gleich die richtigen Worte, ich weiß auch nicht, wovor ich Angst habe, wenn ich mich mir vorstelle in Turnhose und Leibchen, und das bei Turnübungen. Ich frage dich. Wo bliebe das Geheimnis, das mich schützt?

Der Friseur spürt rechts sein Hühnerauge bereits wieder. Ich schlafe immer nur bei offenem Fenster.

Außerdem läuft mir heute irgendwie die Nase, ich weiß auch nicht. Das Zeug rühr ich so schnell nicht mehr an. Sie probiert vor dem Spiegel verschiedene Gesichter. Ich finde, ich sehe an manchen Tagen aber trotzdem noch ziemlich jung aus.

Das kommt dich billiger, als nach Rio zum Chirurgen zu fliegen.

Was kommt mich billiger?

Papiere zu fälschen.

Macht sicher auch mehr Spaß. Egal, egal, nur illegal. Sie stellt sich Paßfälscher wie Kerle vor, die wenig reden, aber hinreißend aussehen. Nach Rio? Quatsch! Ich kenne am Wörthersee einen, der poliert dich auf wie neu. Ritsch-ratsch geht das.

Sie schüttelt das Glas. Was ist das? Warum sprudelt es nicht? Was ist los mit der Tablette?

Der Friseur mischt eine Paste, die er ihr gleich ins Haar

schmieren wird, und entsinnt sich einer der Haupttugenden seines Berufsstandes, keiner Kundin je zu widersprechen. Er erklärt sich deshalb erst einmal einverstanden mit dem Nutzen von Schönheitsoperationen, die er in ihrem Fall, ihrem Selbstbewußtsein zuliebe, allerdings als keinesfalls notwendige, allenfalls kleine Korrektur herunterstuft – womit er einer weiteren Tugend seiner Profession huldigt, der der Schmeichelei. Seine Zustimmung faßt er in dem Kompliment zusammen, sie sei verrückt, einfach verrückt, und zwar total und unheilbar.

Seine Aufzählung macht ihr Spaß. Schon jubelt sie wieder. Gott sei Dank, wenigstens einer, der mich versteht, bedankt sie sich. Wenn du dich jetzt noch, Schatz, um die gespaltenen Enden meiner Haare kümmern würdest, wäre ich restlos glücklich. Und du? Du bist doch auch verrückt!

Du bist besser! Er will ihr mit seiner Zustimmung eine Freude machen.

Daß sie für Komplimente dieser Art eine Schwäche hat, liegt auch daran, daß sie, wie sie vermutet, ohne ein strenges Maß an Übertreibung nicht wahrgenommen werden würde.

Niemand hier im Basar hat etwas gegen Übertreibung. Aber ab einem gewissen Alter läßt das Interesse derer nach, die sie damit beeindrucken möchte. Dann wirkt sie hilflos. Das Einfachste ist dann, sie macht etwas mit ihren Haaren. Sie macht mit ihren Haaren täglich etwas, egal was. Haare sind ihr Spielzeug, aber auch eine Waffe. Sie erprobt mit ihnen ihre Unwiderstehlichkeit, der sie mehr und mehr inzwischen allerdings mißtraut. Sie will Beweise, daß sie sich noch verlieben kann – und den Beweis, daß es sich nicht lohnt. Wie groß und leer die Welt ist, wenn sie weint, und wie winzig gleichzeitig im Vergleich zur Stärke ihres Hinterns. Die Proportionen stimmen nicht. Ob herausgeputzt oder heruntergekommen, es bleibt immer zuviel Erdenschwere an ihr haften. *Fettblume* hat man sie als Kind gerufen. Ein Nachbarjunge hat ihr zum vierzehnten Geburtstag eine Kiste mit Bauchtanzzubehör geschenkt und fand das komisch; und alle haben sie gelacht und sie angeschaut. Sie sackt noch heute in sich zusammen, wenn sie so ein Blick trifft, und ist dann wie etwas, das man zerknüllt hat. Mit so einem Gefühl liegt sie oft nachts im Bett und fühlt sich krank, jedenfalls alles andere als kampfeslustig. Niemand ahnt, wie klein sie dann ist; und das bei ihrer Statur mit dem Volumen einer Traktoristin, was sie zwar robust macht, für Handgriffe in gewissen Stunden aber eben auch unhandlich. In der Stille, die ihr nachts auflauert, wenn sie, allein im Bett, an die Decke starrt, spricht sie mit sich selbst. Manchmal schreibt sie, was sie redet, in ihr Tagebuch. Ich kann auf Zehenspitzen gehen, steht dann da, doch, doch, aber wie demütigend, es demonstrieren zu sollen. Oder: Das Temperament meiner Arschbacken, was ist damit? Soll das eine Anspielung sein? Niemand ist gezwungen, mich von hinten zu bewundern. Trotzdem, zugegeben, bin ich manchmal ungeschickt. Ich bin ein Nichts, aber zu dick. Ich weine, aber es kommen keine Tränen. Ich fordere die Unendlichkeit des Universums heraus, stoße mir aber an der Tür des Eisschranks jedesmal die Zehen wund.

Das sind die Kleinigkeiten. Es gibt aber Fragen, vor denen sie regelrecht Angst hat. Ist Glückhaben elementarer als Glückfühlen? Wie soll sich eine Frau wie ich entscheiden? Darf ich denn nie mehr einfach nur einschlafen? Waren es, denkt sie, wirklich ein Mann und eine Frau, die mich gezeugt haben? Nicht doch ein Minotaurus? Ich habe eine Kraft in den Knochen, die Männer abschreckt, ich weiß. Das ist das Dumme. Und es ist ungerecht! Sie sind zu schwer. Aus mir hätte man gut und gern drei Frauen machen können. Dazu das Fett! Ich kann machen, was ich will, die Knochen und das Fett halten zusammen. Viel fehlt nicht, und ich ende als Ungeheuer. Dabei sollte ich, das wäre doch das Einfachste, eigentlich längst berühmt sein, längst reich, unabhängig und glücklich.

Der Friseur rät zur Beruhigung ihrer Nerven erst einmal zu einer Schwangerschaft, vorerst wenigstens, und entschuldigt sich kurz; er muß nur rasch einem Künstler einen Gefallen tun und einem jungen Mann, den dieser angeschleppt hat, die eine Gesichtshälfte von allen Bart- und Haupthaaren befreien, einem Studenten, wie sich herausstellt, der für den Lohn einer Monatsmiete bereit ist, sich am Abend während einer künstlerischen Aktion in einer Galerie ohrfeigen zu lassen; nicht vom Künstler selbst, der hinter einer Videokamera stehen wird, um den Vorgang zu filmen, sondern auf dessen Aufforderung hin von den Gästen der Ausstellung.

Dann besorg mir einen, der's mir macht, ruft sie ihm nach. Aber er muß es können, ich bin anspruchsvoll. Es gehört Mumm dazu, mich zu ficken.

Karotte klickt den Fön auf Höchstleistung für den Fall, daß sie vorhat, noch deutlicher zu werden.

He, was tust du da eigentlich?

Ich bin ein Ventilator, Schwester.

Willst du, daß ich eine Erkältung kriege?

Diaboli virtus in lumba est, zitiert Nick eine Bibelstelle. Nick, genannt Der Schatten, ein monochromes Individuum, ein baumlanger Kerl, schwarz gekleidet, schwarze Stiefel, die langen Haare schwarz, schwarzer Lidschatten. Er ist, was Schwarz betrifft, unbelehrbar. Auf Schwarz schwört er, seit er denken kann. Ihn einen Experten zu nennen wäre noch untertrieben. Es gibt kein Schwarz, das er nicht kennt. Er führt darüber Buch. Elfenbeinschwarz. Rebschwarz (als reines Pflanzenschwarz). Rebschwarz (französisch). Beinschwarz aus Knochen, granuliert, um die Staubbelastung zu verringern. Manganschwarz. Asphalt-Graphit. Graphit-Silberpuder. Flammruß. Holzkohlenmehl aus Buche. Holzkohlengrieß. Eisenoxydschwarz. Und das Schwarz mit der größten Tiefenwirkung, das allerschwärzeste Schwarz, das es gibt unter den Pigmenten, Spinellschwarz. Ungeheuerlich der Grad seiner Schwärze. Keine Remissionswerte, so gut wie keine. Gute Deckkraft. Von unerreichter optischer Tiefe, wie Kenner wissen. Es wird, weil es von Infrarotstrahlen nicht erfaßt werden kann, im militärischen Sektor zum Anstrich von Tarnkappenbombern eingesetzt. Der ›Nubische Thron‹ war, natürlich, seine Idee, der Freitag auch, der Schwarze Freitag, wie er dann bald hieß.

Leute, die ihn einen Künstler nennen, bittet er, ihm die Ehre zu lassen, keiner zu sein. Gespräche, ob Schwarz eine Farbe sei oder keine, führt er nicht, schon gar nicht mit der Handvoll Kunststudenten, die sich blicken läßt und, weil Nick jede Diskussion darüber verweigert, mit auf Vielstimmigkeit eingespielter Lautstärke mit den streunenden Zeitungslesern zu streiten beginnt, die sich fragen, ob Schwarz die Farbe des Terrors oder der Tränen sei, der Anarchie oder der Angst davor. Sie kommen sich mächtig in die Haare, denn mit der Liebenswürdigkeit Menschenleben gegenüber ist es bei rotzjungen Kunstschaffenden noch nie weit hergewesen. Sie zelebrieren ihren Beruf traditionell, also asozial, subversiv, gefährlich. Sie sind selbst Kämpfer und zeigen das auch. Sie haben die Schnauze voll von der Vormundschaft irgendeiner Moral und lassen sich natürlich jetzt die Chance nicht entgehen, auf den Putz zu hauen. Keine Rede davon, auf die Provokation verzichten zu wollen, der Katastrophe, die die Welt gerade in Atem hält, nicht den Rang einer Verkündigung zuzugestehen, einer gerechten dazu. Wo sonst sind die Aussichten, auf den Kern der Kunst stoßen zu können, größer? Alles ist Kunst, entgegnen sie der fassungslosen Empörung ihrer Kontrahenten, die auf ihre Zeitungen zeigen – wir schreiben den 12. September 2001, den Tag danach –, auf die Berichte und Fotos, und dann das Feld räumen, angewidert von der Großzügigkeit, mit der sie jedem Schock gewachsen sein wollen, und nicht daran denken, ihr Haupt zu beugen vor dem Unfaßbaren.

Nick schweigt. Ihn interessieren auch Fragen nicht, was genau er freitags empfinde. Ihn langweilt die ganze Philosophie darüber. Schwarz als »die Summe aller Energien«? Unsinn. Die Symbolkraft der Dämonie, »die Codierung der absoluten Leere«, wie sich einmal eine Dame ausdrückte? Wenn Sie meinen, bitte schön. »Wir können uns über die Ränder des Schwarzen Lochs verständigen, aber sein Inneres müssen wir selbst ausfüllen«? Tja, Nick, ich glaube, die Dame will deine Telefonnummer!

Vor allem Frauen sind es, die sich mit der Schweigsamkeit Nicks nicht abfinden wollen. Er müsse, schwärmen sie, intuitiv verstehen, auch sie. Mag schon sein, die Einladungen in ihre Dunkelkammern lehnt er trotzdem ab; zu Diensten steht er von zehn bis acht, und nur als Friseur.

Manchmal besucht ihn ein alter Mann, sein Chemielehrer aus dem Gymnasium. Ihn hat er eines Tages aufgesucht und gebeten, ihn bei seinen Experimenten mit haut- und haarverträglichen Tinkturen zu beraten. Manchmal kommt er sogar mit der ganzen Familie an. Mit Frau, Tochter und einem Blockflötenpimpf von Enkelkind. Und wie er dann strahlt, wenn er alles gleichzeitig genießt, die unerschütterliche Seelenruhe seiner Frau, die fassungslose Verwunderung seiner Tochter und das pure Entzücken seines Enkelkindes, zumal über das Kamel. Er tauscht mit seinem ehemaligen Schüler neue Erkenntnisse aus, ermahnt ihn zum Gottesglauben und segnet das Zeltlager und ihre sonderbaren Bewohner beim Gehen mit einer Verbeugung, die auch den Friseur und seine Frau jedesmal gerührt zurücklassen.

He, was war das? Was hast du gesagt?

Diaboli virtus in lumba est.

Und das heißt?

Die Tugend des Teufels liegt in seinen Lenden.

Aha, sagt die Künstlerin, dreht sich um und schaut sich den Schlauberger genauer an. Nun ja, entscheidet sie und gähnt. Gib mir wenigstens was zu rauchen, ja?

Dann überläßt sie sich ganz dem Gefühl, daß sich überhaupt noch jemand um sie kümmert. Wer sonst tut das noch? Es genügt, daß ihr jemand die Kopfhaut massiert, schon fühlt sie sich beschützt und zurückversetzt in ihre Kindheit. In der Dämmerung hinter ihren geschlossenen Augen taucht ein kleines Mädchen mit einer heimlich angemalten kleinen Schnute auf. Das war sie einmal, zu einem Zeitpunkt, als sie vom scherbenreichen Fortgang ihrer Lebensgeschichte noch keine Ahnung hatte. Natürlich war sie schon damals ein wenig verdorben gewesen, aber auf ganz liebe Weise, wie sie heute findet. Sie muß aufpassen.

Sie hat genug von der Zigarette. Sie hat Schweiß auf den

Handflächen. Ihre Kontaktlinsen sind verrutscht. Sie haßt sich, wie sie so dasitzt. Der Teufel soll mich holen ... und seine Lumbas nicht vergessen, wenn er kommt. COME ON! GIVE ME A LOOK! feuert sie ihren Friseur an, der allerdings keine Begeisterung zeigt, in Flammen stehen zu wollen.

3

An einer der Wände hängen drei Uhren, von denen keine die richtige Zeit anzeigt. Warum auch, wie der Friseur zufrieden feststellt. Er hat sie vor ein paar Jahren auf einem Flohmarkt gefunden und für wenige Schillinge mitgenommen.

An keiner der Uhren ist etwas Besonderes. Sie sind weder wertvoll noch besonders originell, keine hat Seltenheitswert, keine ist ein Blickfang. Die eine, ein Gebilde aus Plastik, das aussieht wie ein Eidotter mit einem eingelegten Glasauge, das als Zifferblatt fungiert, zeigt acht Minuten vor drei, und das bis auf weiteres für immer und ewig. Es gibt jedoch einen kleinen roten Sekundenzeiger, der lebt und zuckt. Er klemmt, ohne daß man erkennen kann warum, auf der Zahl 9. Er bewegt sich zwar, gibt sich Mühe, kommt aber, wie man mit Mitleid bald feststellen muß, trotzdem nicht voran. Die zweite ist eine alte (der richtige Ausdruck wäre: eine olle) Küchenuhr, die Pfeffer-und-Salz-Version, quadratisch, Porzellan mit dem üblichen Zwiebelmuster. Auf ihr ist die Zeit Punkt neun stehengeblieben. Muß man sie nur aufziehen? Vielleicht, aber man bräuchte dazu den passenden Schlüssel, und den gibt es nicht. Die dritte, wieder aus Plastik, ist nur einfach rund und weiß und weiter nichtssagend (bis auf das Wort Quarz, das auf dem Zifferblatt steht). Aber siehe da, sie geht, wenn auch, wie sich durch einen einfachen Vergleich mit jeder Armband- oder Kirchenuhr feststellen ließe, nach – exakte fünfunddreißig Minuten.

Natürlich gab es damals gleich Ärger. Es gibt immer Leute, die diese Art von Unordnung fürchten. Sie macht ihnen angst. Sie haben das Gefühl, auch Uhren leben und sterben, sie laufen und bleiben stehen, stehen unter Strom oder der Stecker ist kaputt oder die Steckdose, oder die Batterien sind leer. Aber sie nehmen sie, wenn sie schon an einer Wand hängen, ernst. Warum? Ich nehme an, weil sie sich das Recht unserer Träume herausnehmen und jede vernünftige, verläßliche Chronologie ignorieren. Sie spotten statt zu funktionieren. Das ist es, was sie den Vernünftigen antun. Deshalb die Angst. Sie zeigen ihnen nicht die Zeit, sondern die Zunge.

Um der Empörung seiner Frau etwas entgegenzusetzen, die das alles als Zumutung empfindet, auch, wie sie ihm klarzumachen versuchte, als Rücksichtslosigkeit gegenüber ihrer auf genaue Zeitangaben angewiesenen Kundschaft, hat er die Sache kurzerhand zum Kunstwerk erklärt, was nur ein anderer Ausdruck sein sollte für den Befehl: Pfoten weg!

Und der Sand da, das ist dann auch Kunst? Seine Frau fürchtet, den Mann, den sie geheiratet hat, eines Tages auch offiziell als unzurechnungsfähig deklarieren zu müssen. Vielleicht benehmen sich so Kinder. Vielleicht kommen Genies auf solche Ideen. Aber sie hätte sich in ein Genie doch nie verlieben können. In ihren Augen war das ein Scheidungsgrund. Es war anstrengend, ein Genie zu lieben; oder auch nur eine Abart davon. Es ging über den Verstand, wie er sich aufführte.

Irgendwer, der mal hereinschneite, wunderte sich über den Sand, nicht aber über die Uhren. Er nannte sie Eine Installation, was der branchenübliche Ausdruck für Kunst dieser Art ist. Seitdem sind diese drei Uhren also Eine Installation! Ist dieses Wort erst einmal laut genug ausgesprochen, besteht für keinen, der sich immer noch verarscht vorkommt, sich erregt oder auch nur zu wundern wagt, noch die geringste Chance, sich mit praktischen Überlegungen einzumischen, geschweige denn mit dem Argument, der Unsinn mache die Verwirrung komplett, recht zu behalten. Wer will leugnen, daß mit *Installation* das letzte Wort gesprochen ist?

Dann war, zwei, drei Monate später, ein Herr erschienen, ein Herr mit Strohhut, einem Hemd von Yamamoto und an den Füßen belgische Slipper, der die Installation kaufen wollte. Ein Museumsdirektor, ein Sammler, ein Kurator, was er auch immer sein mochte; einer jedenfalls mit einem Scheckbuch in der Hand. Hatten da nicht alle große Augen gemacht? Und noch größere, als der Friseur das Kunstwerk, das er seit damals ebenfalls nur noch Eine Installation nennt, für unverkäuflich erklärte? Wie ihm die Idee gefiel – und immer noch gefällt. Drei stinknormale, billige, nicht einmal illustre Uhren, von denen zwei nicht funktionieren und die dritte die falsche Zeit zeigt, abtransportiert in die Welt des gehobenen Kunstmarkts?

Wie heißt der Künstler, erkundigte sich der Herr, das Scheckbuch aufgeschlagen immer noch in der Hand.

Hoppla, dachte der Friseur und tastete mit der Hand nach seiner Nase; das half immer, keine überstürzten Antworten von sich zu geben. War er nun auch noch gezwungen, sich einen Namen einfallen lassen zu müssen? Offenbar ja.

Ich könnte, sagte der höfliche Herr, diese Arbeit beim besten Willen nicht einordnen, nicht so ohne weiteres jedenfalls.

Da der Friseur weit davon entfernt war, mit dem Herrn eine Seelenverwandtschaft feiern zu wollen – ihm waren Intellektuelle so fremd wie Schwärmer –, holte er einfach nur tief Luft und gab von sich, was ihm, aus dem hohlen Bauch heraus, als erstes einfiel.

Der Name des Künstlers? Einen Moment, ich hab's gleich. Kalin. Ja, natürlich. Paalo Kalin. So heißt er. Er heißt Paalo Kalin. (Warum nicht Stokie Adams? Oder Jauernigg? Oder Pasti?) War der Name wirklich die halbe Miete?

Aber nein, natürlich war ihm der Name nicht einfach so eingefallen; nichts fällt einem einfach so ein. Auf einer Zeitung, die in Sichtweite herumlag, hatte er das Wort Kaliningrad gelesen.

Weitere Fragen? Um Gottes willen, nein. Schluß damit.

Andererseits. Paalo Kalin. Klang doch ganz plausibel. Nun würde man nach ihm fahnden müssen.

Natürlich wollte er sich keinen Ärger einhandeln. Er war ja kein Betrüger, der es auf eine Kunstfälschung abgesehen hatte. Sich lieber nicht in ein Fachgespräch verwickeln lassen, überhaupt in kein Gespräch am besten. Er spielte die Sache also herunter. Dieser Kalin habe sich unregelmäßig bei ihm die Haare schneiden lassen, nicht sehr oft; und dann sei er eines Tages von der Bildfläche verschwunden gewesen. Er habe sich also offenbar nur für relativ kurze Zeit in Wien aufgehalten. Mehr wisse er auch nicht. Es dürfte sich um einen finnischstämmigen Künstler gehandelt haben, auch wenn er nicht ausgesehen habe wie einer.

Sieht noch einer aus wie einer, amüsiert sich der Museumsdirektor, ganz der Kenner. In Basel neulich kam ich mit einem ins Gespräch, den ich für einen hielt, bis sich herausstellte, daß ich einen Magenkranken vor mir hatte, einen von Sodbrennen und Geschwüren gepeinigten Magenkranken, der nur einfach, zumal auf einer Kunstmesse, interessant genug aussah. Aber sein Leiden ist für die Kunst belanglos und deshalb, zu meinem Bedauern sei es gesagt, uninteressant. Was geht mich eine Magenkrankheit an, die nicht im Museum landet?

Ist Nick eventuell auch nur magenkrank, überlegt der Friseur, denn er wäre der einzige hier, der als Künstler durchginge? Es gibt Tage, da sieht er einem Kunstwerk tatsächlich ähnlicher als einem Menschen, der morgens aufwacht, duscht, in die Hosen steigt und in die Küche taumelt, um Kaffee aufzusetzen. Bestenfalls trifft er die richtige Radiotaste, aber schon mit dem Gasherd klappt es nicht. Die Frage ist immer, ob er ihn ankriegt, ohne daß er explodiert. Erst dann aber, als Explodierter, wäre er als Kunstwerk interessant, würde der Herr Museumsdirektor vermuten.

Paalo Kalin? Nein, nie gehört. Oder ich erinnere mich einfach nicht. Andererseits, um einen klugen Kopf zu zitieren: Dem Künstler muß es gelingen, die Nachwelt glauben zu machen, er habe nie gelebt. Eine seltene Tugend heutzutage, sein Leben zu verstecken. Epiktet. Verstecke dein Leben! Das muß einem erst einmal gelingen! In diesem Sinn ist dieser Kalin wohl eine Ausnahme, und die sind bekanntlich selten. Er hatte sich den Namen bereits in einem Notizheft notiert. Ist das so richtig geschrieben?

Der Friseur bestätigte die Schreibweise. Paalo, stimmt, zwei a, richtig. Damit, so hoffte er, sei das Thema vom Tisch.

Interessant. Er kannte finnische Rennfahrer. Es gab eine berühmte finnische Sopranistin, wenn er nicht irrte. Jean Sibelius, natürlich, war Finne. Finnland hatte gute Läufer, besonders Langstreckenläufer, und gute Speerwerfer und so. Kamen seine Lieblingsbonbons, fiel ihm ein, nicht auch aus Finnland (made in Helsinki by Karl Fazer since 1904), Karamelbonbons in Schokolade, die es nur auf Flughäfen zu kaufen gibt? Aber einen finnischen bildenden Künstler, einen Zeitgenossen? Wie alt ist Ihr Freund, wenn ich das fragen darf?

Tja, wie alt? Keine Ahnung. War das wichtig? Mal angenommen, er hätte das Sammelsurium tatsächlich verkaufen wollen, welche Anhaltspunkte gab es, einen Preis zu taxieren, einen Höchstpreis natürlich? Ein bißchen hatte er die Ohren zwar immer aufgesperrt, wenn die herumlungernden Künstlerkunden ihr Lieblingsthema bearbeiteten, wer was wann und warum für ein Kunstwerk einstreicht – der falsche Zeitpunkt, der richtige; der richtige Käufer, der falsche; Inland, Ausland –, nie aber damit gerechnet, einmal selbst in die Verlegenheit zu kommen, sich darüber den Kopf zerbrechen zu müssen. Wie ist das, überlegte er, mit der Kunst und dem Alter eines Künstlers und den Schlußfolgerungen aus beidem? Wie jung durfte Kalin sein, um seine Uhren nicht dem Verdacht auszusetzen, sie seien lediglich der Scherz eines Anfängers, eine dünkelhafte Provokation, bestenfalls eine Frechheit? War es nicht besser, er wäre alt, auch wenn Künstler, wie ihm einfiel, die alt sind und noch immer niemand kennt, keine Geschäfte versprechen? Oder doch? Vielleicht erst recht? Angenommen einmal, Kalin wäre sechzig oder so, schon wären die Uhren eine grundlegende Reflexion eines reifen Künstlers, eine Arbeit von tiefschürfender Genauigkeit, dargestellt am Dreiklang zerborstener Zeit. Man kann das so sehen, nicht wahr? Das Zeichensystem der Zeit. Der Verfall des Funktionierens. Vergeblichkeit unter Strom. Den Herrn erinnerte die Arbeit an das Werk eines jungen Künstlers aus der Bronx, das er bei seinem letzten Besuch in New York in Soho in einer kleinen Galerie bewundert hatte, eine Fotoarbeit, die eine Lache Blut zeigte und unten am Bildrand eine Armbanduhr mit zersprungenem Glas, auf der die Zeit im Moment des

Aufpralls des Körpers auf dem Asphalt stehengeblieben war. Ein Diskurs lapidarer Anschaulichkeit. Kein Erbarmen mit den Tatsachen. Nur Tod. *Finis*. Ende. Keine Lügen, kein Appell, nicht einmal Sonnenlicht. Nur die genaue Uhrzeit und das Ausbluten eines Selbstmörders, der anonym bleibt.

Wie aus ferner Zeit dagegen das Stillhalten der Standuhr im Sterbezimmer des Großvaters; sie gab in völlig unironischer Gleichzeitigkeit den Geist auf, als ihm die Kinnlade auf das Brustbein fiel. Das war Sinn genug, und tatsächlich weinte auch niemand.

Noch eine Erinnerung an eine kaputte Uhr, die er gesehen hatte, fiel ihm ein, die Uhr im Bahnhof von Bologna. Ihre Zeiger stehen still. Sie zeigen zwar nicht den Tag an, den 2. August 1980, aber die genaue Zeit, 10.25 Uhr, die Minute der Detonation einer Sprengstoffladung, die damals 85 Menschen das Leben gekostet hat. Sie hängt, als Denkmal, immer noch; die Menschen wollen es so. Er wünschte, als er sie betrachtete, der Kunst eine ähnlich starke Wirkung und die gleiche große Zustimmung.

Sollte Kalin am besten einfach vierzig sein, also weder jung noch alt? Er überlegte. Nein, ausgeschlossen, das nicht. Vierzig, das heißt Krise. Vierzigjährige haben entweder den Tod des Unvollendeten verpaßt oder keine Ahnung, was ihnen alles noch blüht. Wer legt auf dem Kunstmarkt auf die mittleren Jahre wert? Da heißt es doch lediglich: steigt er oder fällt er? Welches Museum will von einem Vierzigjährigen, noch dazu einem unbekannten vierzigjährigen Finnen, drei Uhren an der Wand haben wie die hier? Plötzlich sehen doch die Uhren wirklich wieder nach nichts aus, nach drei Uhren, die man besser abhängen sollte, weil sie ja doch nur Verwirrung stiften. Nein, das Alter mit den besten Chancen ist sechzig, eindeutig. Es macht den Mann geheimnisvoll, zu einer Entdeckung, mit etwas Geschick und Politik zu einem Geschäft.

Ach so, wie alt? Schwer zu sagen. Die Burschen sehen ja, bei ihrem Lebenswandel, alle viel älter aus, als sie sind. Sechzig, würde ich sagen. Vielleicht sogar ein, zwei Jahre älter.

Ein Spätwerk! Der Herr mit dem Scheckbuch nickte, ging noch einmal die drei Uhren ab und sah ganz so aus, als stelle er sich gerade einen einigermaßen bejahrten Mann in einer Hütte vor, eingeschneit auf einer Insel, einer der Tausenden von Inseln der tausend Seen Finnlands.

Der kleine rote Sekundenzeiger schien ihn zu amüsieren. Das einzige, was lebendig war. Er zuckte, unermüdlich, energisch wie eine Herzfaser. Offenbar war die Sache tatsächlich nicht ohne Witz. Das Große und Ganze steht still, das Geringste arbeitet, wenn auch vergeblich, gegen das Verhängnis an, nichts ausrichten zu können. Und die andere Uhr daneben. Eine Uhr der schlafenden Zeit. Einer Zeit, in der eine Effi Briest unglücklich auf Uhren schaute. Gemächlich trottet dazu die dritte Uhr der Zeit hinterher, falsch, aber auf ausdauernde Art doch präzise, nämlich immer genau fünfunddreißig Minuten zu spät. Hatte das zusätzlich etwas zu bedeuten? Warum hatte sich der Künstler für genau fünfunddreißig Minuten entschieden? Ein Zufall konnte das nicht sein, nicht bei einem Künstler. Er notierte sich die Zahl, um sich später informieren zu können, ob es mit diesem Nachhinken irgendeine Bewandtnis hatte. Vielleicht spielte der Westen gar keine Rolle und man mußte die Lösung des Rätsels im Osten suchen, in fernen Religionen, religiösen Ritualen oder schamanistischen Überlieferungen etwa?

Interessant, befand der Herr.

Der Friseur war ganz der gleichen Meinung. Die Uhren

gaben plötzlich unsichtbar Zeichen von Bedeutung von sich, wer hätte das gedacht. Drei Uhren, die alle drei nichts taugen und noch nicht einmal nach etwas aussehen, sind mit einem Mal vor allen Anschuldigungen sicher, sie sind gewürdigt, gewissermaßen geweiht, wenn nicht gar verklärt worden. Ein einziger Enthusiast hatte genügt, um ein Ding, ein Objekt (drei Objekte wie im Fall der Uhren) ins Gravitationsfeld der Magie zu befördern, allein durch Betrachtung und Interesse. Aus einem Blick wird eine Vision, aus Interesse Besinnung. Macht man was falsch, daran Gefallen zu finden? Und was, von den Objekten abgesehen, uns Menschen betrifft, ist es nicht besser, all jene, denen man noch nicht begegnet ist, schon vor ihrem Erscheinen zu erfinden?

Eine schöne Arbeit, fürwahr. Übrigens, hat sie auch einen Titel? Wie heißt das Werk? Steht das nicht irgendwo?

Oh Gott, durchfuhr es den Friseur, das auch noch. Wie das Werk heißt? Wie heißt so was? Keine Ahnung. Aber der Mann hatte ja recht. Irgendwie war das die Gretchenfrage, aber wie sie beantworten? So schnell fiel ihm natürlich nichts ein, nichts halbwegs Brauchbares wenigstens. Statt dessen sah er sich wieder im Gerümpel eines samstäglichen Flohmarkts herumwühlen, unter Menschen, die den Geruch aller Erdteile verströmten. Er war wie taub vom Reden der Feilschenden, dem Rufen der Händler, dem Lärmen vor allem südeuropäischer Familienclans, die sich alle einmischten, sobald man auch nur stehenblieb. Einen Titel? Ich danke höflichst, aber da bin ich überfragt.

Kein Titel, entschied er.

Der Herr schien das ganz in Ordnung zu finden. Kein Titel, also Untitled, besser gesagt. Auszusetzen war daran nichts. So steht es ja unter vielen, auch unter bedeutenden Kunstwerken.

Der Friseur hatte auf dem Flohmarkt am gleichen Tag auch den Deckenbezug eines Pianofortes erstanden und sich von dem schweren Stoff ein Jackett schneidern lassen. Es gab ein solches Kleidungsstück in ganz Wien nicht ein zweites Mal. Eine wahrhaft ausgefallene, majestätische Garderobe! Ein Kunstwerk, das zu tragen Mut verlangte. Praktisch war es auch, denn es schmeichelte dem Fett, das er nicht loswurde, gegen den Trend der Zeiten aber verteidigte. So ein Jackett will angemessen gefüllt sein, angefüllt mit Wohlbefinden. Fett glättet jede Falte. Dann sitzt und kleidet es. Dabei hätte er das Jackett, so wie es war, damals am liebsten gleich auch noch an die Wand genagelt. Eine noch ältere Arbeit von Kälin. Äh, Kalin natürlich. Wir wollen ja aus einem Finnen am Ende keinen Schweizer machen.

Auch der Nebeneffekt der ganzen Aufregung war nicht zu verachten. Die Uhren hängen, flankiert inzwischen (und damit endgültig in Sicherheit) durch den Hinweis *This is art*, ein Neonschriftzug, das Geburtstagsgeschenk seiner Angestellten. So haben sich alle beruhigt, auch seine Frau. Es ist besser so. Geht es drunter und drüber, werden Kunden unruhig und die Zeit knapp, ist ein Blick auf sie eine Erholung. Wozu die Eile?

Sonnenaufgang und
Sonnenuntergang.
Der Tag jedem,
die Nacht mir.

4

Was Zeitverschwendung angeht, ist der Friseur ein Alleskönner. Sein Talent ist angeboren und deshalb robust. Obgleich in dauernder, immer schwebender Bewegung, angetrieben von einer Aufmerksamkeit vor allem für gänzlich Nebensächliches, hinterläßt die menschenfreundliche Zuwendung, die er auch den Kunden, die er gerade nicht bedient, zuteil werden läßt, den Eindruck, er sei nur auf Erden (und ausgerechnet in Wien), weil es in seinem Kopf eine Abfolge vitaler, aber geheimer Anspielungen gibt, eine strömende Freiflut von Assoziationen, die darzustellen Gebärden voraussetzt, die nicht direkt etwas zu tun haben mit der Schere in seiner Hand.

Er ist der richtige Mann für ein Publikum, das in nervöser Niedergeschlagenheit aus den Kulissen tritt, und dem er vom Zuschauerraum aus vorspielt, wie sich die Unterschiede zwischen den Haupt- und den Nebensachen aufheben, zur Freude aller. Wer ihm dabei zusieht, wird auf gutmütige Art schläfrig. Bald macht es kaum noch einen Unterschied, ob er Haare schneidet oder sich auf die Suche begibt nach schwer auffindbaren Fotos in Stapeln von Bildbänden, die hinter einer Trockenhaube lagern, die ausgedient hat, vom Trödler vom Naschmarkt aber immer noch nicht abgeholt wurde. Oder ob er nach einem Zettel kramt wie gerade jetzt, einem ganz bestimmten, auf dem er erst gestern extra etwas notiert hat, einen Satz, den er zufällig gelesen hatte und der ihm zu Herzen gegangen war; die vielen anderen Zettel, die seine Taschen ausbeulen, soll der Teufel holen, nur den einen, den Zettel, den er sucht, würde er jetzt gerne finden, um den Satz vorlesen zu können, aber er sucht umsonst, und dabei glotzt ihn die Trockenhaube an, die er, wie er überlegt, vielleicht doch besser einem Künstler schenken sollte, einem, der sein Leben noch ... halt, jetzt hat er den Satz wieder, da ist er, und er zitiert, er deklamiert ihn – langsam, langsam, bevor er ihn wieder vergißt – aus dem Gedächtnis, also alle mal herhören. Sein – Leben – endete – in – voller – geistiger – Kraft, – aber – ohne – jeden – materiellen – Besitz.

Der Friseur, für den Moment zufrieden mit seiner Gedächtnisleistung, verschmerzt, daß wieder keiner zugehört hat. Wahrscheinlich hätten sie den Pechvogel ja doch nur bedauert. Er erlaubt sich deshalb eine Steigerung, während seine Finger gleichzeitig die Kopfhaut eines Kunden massieren.

Dem braven Mann ein Bravo, ruft er, ein Bravissimo! Salut der Unverschämtheit seiner Unabhängigkeit! Viel kann er zu Lebzeiten nicht falsch gemacht haben, wenn er dem geringsten der menschlichen Instinkte widerstand, sein Talent damit zu vergeuden, Reichtümer anzuhäufen. Er schuldete der Welt des Geldes nichts – ein unbezahlbares Gefühl, das auch denen im Gedächtnis bleibt, die sich ungern an viel erinnern. Ihm zu Ehren wird der Friseur eine Komödie daraus machen, die bald immer mehr der seines eigenen Lebens gleichen wird. Schließlich hat auch die Wahrheit verdient, amüsant sein zu dürfen. Nein, es ist nicht damit getan, in verschiedenfarbigen Schnürsenkeln aufzutreten; das hat ja immer etwas Trauriges. Es wird auch keine Clowns geben, das machen wir auch alles selbst. Soll Musik sein, wird gesungen. Für seine Auftritte oder Abgänge ist jeder selbst verantwortlich, aber Ehrgeiz wird bestraft. Wer an die Rampe will, hat unrecht. Monologe sind gestrichen, in Tränen auszubrechen ist verboten; wann hätte je ein Weinkrampf die Phantasie entflammt? Wer Routine abliefert, dem droht Umbesetzung, besonders bei Liebesszenen; da darf er erst einmal zur Strafe wieder zuschauen. Auch wenn es ernst wird, nie seriös wirken. Es gibt Effekte, die ergeben sich. Und wir reagieren darauf, oder eben nicht. Viele sind halb schon eingeschlafen. Auf ihnen liegt Licht. Schön, wie sie daliegen. Alle sind für die Dauer ihrer Abwesenheit erlöst, wie man sieht. Niemand ruft einen Namen. Wir selbst sind es, für die wir spielen. Klar, daß sich auch ein unkomplizierter Haarschnitt so leicht über eine Stunde und mehr hinziehen kann. Ein (finanziell) defizitäres Verhalten, dem der Reichtum der Einfälle zu anderem Gewinn verhilft. Die Ehe gleicht das aus, auch Menschenkinder vom Schlage eines Jungen wie Karotte.

Aber wer ist Karotte?

Ein vaterlos aufgewachsener Junge, inzwischen dreiundzwanzig Jahre alt, mit einer reiselustig veranlagten Mutter, die ihn zu einer Hühnersuppe einlädt, wenn sie Europa besucht. Das ist in Ordnung. Er vermißt sie so wenig wie sie ihn. Ruhig besprechen sie das Nötigste, sachlich, verständnisvoll. Streit würde Vorwürfe voraussetzen, die aber nicht erhoben werden, von keiner Seite. Sie sitzen sich gegenüber und essen Suppe. Sie hat Vertrauen in den Jungen, mehr als in die eigenen Lebensentscheidungen. Sie weiß, daß ihn Dummheiten nicht interessieren, ihre schon gar nicht. Er hat, so wie er dasitzt, etwas Ernstes. Das gefällt ihr. Sie ist dann stolz auf ihn. Sagen kann sie das nicht.

Sie ist, was Geständnisse angeht, ungeübt. Bei wem hätte sie sich Aufrichtigkeit auch antrainieren sollen? Freundinnen, gar Komplizinnen, hat sie keine, die einem noch am ehesten nachsehen, wenn man die Schnauze voll, alles satt und dann einfach nur noch Lust hat auf ein paar ungetrübte, grundehrliche Urteile, die man auch noch mit Fausthieben, abgefeuert auf den nächstbesten Gegenstand in Reichweite, unterstreicht. Wer glaubt einem denn noch, daß es Tage gibt, die man ohne Wutanfälle nicht durchsteht, wenn nicht Freundinnen? Sie hat keine. Selbst schuld wahrscheinlich, zugegeben. Sie ist auch darin unbegabt. Fragt sich bloß, wann auch die anderen Begabungen nachlassen. Die Begabung, einen Körper zu haben. Die Begabung, ihn zu präsentieren. Wie soll es sonst zu Einladungen kommen, auf die sie schließlich angewiesen ist? Sie läßt sich, das ergibt sich, von Zufallsbekanntschaften dahin und dorthin einladen. Natürlich hilft sie stil- und wirkungsvoll ein wenig nach. Die Gelegenheiten, auf die es ankommt, sind erkämpft, aber es ist lästig, auf Gedeih und Verderb abhängig zu sein und sich gleichzeitig nicht allzuviel gefallen zu lassen. Es möge ihrem Jungen dieses Leben erspart bleiben.

Ganz ist sie noch nicht in Fremdbesitz übergegangen. Jede, noch die aussichtsloseste Affäre, hat einen Anfang, dem sie sich immer noch nahezu gutgläubig anvertraut. Wenn sie sich überhaupt einen Luxus leistet, dann den des Anfangs. Sie ist nicht naiv, aber doch stimmungsabhängig. Alkohol lehnt sie ab. Sie widersteht. Keinesfalls will sie als Beute gleich gefressen werden. Sie will spielen, auch wenn sie das Verlieren, das ihr blüht, noch nicht richtig gelernt hat.

Erfundene Lebensgeschichten werten auf, das weiß sie. Keine Übertreibungen, aber sie gibt ihrer Vergangenheit Pfeffer, das schon. Zum Glück spricht sie Sprachen. Sie kann mithalten. Die Aussicht, an der Riviera nicht mehr interessant genug zu sein, spornt sie zusätzlich an – allerdings nicht dazu, immer die Wahrheit von sich zu geben; nicht in Gesellschaft von Menschen, die sich amüsieren wollen. Wer von ihnen hätte je mehr erwartet als witzige Halbwahrheiten? Sie hat sich, mehr schlecht als recht, bis jetzt über Wasser gehalten, dabei aber etwas eingebüßt, was ihr an ihrem Sohn imponiert, etwas Einfaches, etwas ohne große Worte.

Er ist mager, das sieht sie. Er schläft zu wenig. Und wie er aussieht mit dem Oberteil seines Schlafanzugs, das das Hemd ersetzt? Wenn er schon einen Friseur zum Freund hat, warum dann das krause Gezopfe seiner Haare? Und seine Zähne – sagt ihm niemand, daß es nicht schaden kann, sie hin und wieder zu putzen? Wie reagiert jetzt eine richtige Mutter? Sie wehrt sich, sentimental werden zu wollen. Sie hat die dünne Linie berührt, die sie beide miteinander verbindet, stößt dabei aber sofort gegen die Absperrungsseile, die sie trennen.

Wenn er ihr keine Vorwürfe macht, heißt das, er verschweigt sie nur? Schützt er sich durch Verstellung? Hat sie ihm weh getan? Ist sie ihm wirklich egal? Will er ihre Zuneigung oder besser doch nur Bares? Bei keinem Gedanken kann sie sich entscheiden, bei keinem findet sie Trost. Sie versteht auch nicht, wie wenig sie sich auskennt im Kopf ihres Kindes, und gibt es auf. Ihr fällt lange nichts ein, was sie ihn jetzt fragen, was sie ihm sagen, was sie verstehen müßte. So sitzt sie sonst nur Männern gegenüber, die Macht haben, auch über sie. Dabei tun sie die ganze Zeit nichts, gar nichts. Sie sitzen nur da und warten ab. Sie geben keinen Hinweis, was das sein könnte, was sie sich sonst noch erwarten. Sie leisten von einer Minute auf die nächste keinerlei Hilfestellung mehr im Gespräch. Wie sie das zum Schwitzen bringen kann! Sie sagen einfach nichts, wie ihr Herr Sohn hier gerade auch. Er sitzt auch so da, stellt keine Fragen, will auf Fragen, wie es aussieht, auch nicht antworten müssen und fragt sich wahrscheinlich nur, warum die Suppe vor ihm so verdammt heiß sein muß.

Karotte legt den Löffel zur Seite, sucht seine Hosentaschen ab, zieht eine McDonald's-Serviette heraus, die er glattstreicht, findet auch noch einen Bleistiftstummel und versinkt in etwas, das er notiert. Seine Mutter schaut ihm dabei zu. Sie hat vergessen, daß er Linkshänder ist; er kommt ihr plötzlich noch verlorener vor.

Liest du denn ab und zu auch mal ein Buch?

Welches?

Ich weiß nicht, irgendeines.

Wenn mir eins zwischen die Finger kommt, kann sein.

Du hast doch früher gelesen.

Glaubst du?

Ich weiß es. Ich habe mir sogar Sorgen gemacht deshalb, deiner Augen wegen.

Du hast das Kinderzimmer mit einer Glastür ausgestattet, um kontrollieren zu können, ob ich das Licht noch anhabe. Du hast mich nie mit einem Buch gesehen, mit keinem, das ich je aufgeschlagen habe. Ich rief dann immer, ich lese noch. Manchmal kamst du trotzdem noch rein, um nachzusehen. Ich brauchte also ein Buch.

Du hast nie gelesen?

Nein, warum?

Du hast nie ein Buch aufgeschlagen?

Er beteuert, daß es so war, und stopft die Schreibutensilien zurück in seine Taschen. Ich wollte nur nicht einschlafen, wenn es dunkel ist. Das geht mir heute noch so. Kaum ist es dunkel, werde ich wach. Den ganzen Tag bin ich nie so munter.

Mit Selbstvorwürfen will sie niemanden langweilen, am wenigsten sich selbst. Da sie ihn nicht einfach in den Arm nehmen kann (warum eigentlich nicht?), will sie ihm Wärme auf andere Weise zukommen lassen. Plötzlich ist sie von der Idee hingerissen – was für Einfälle sie immer hat, nur um ihr Gewissen zu erleichtern –, dem Kopf ihres Kindes einen Goldrahmen zu verpassen und vor der Vergänglichkeit durch Glas zu schützen. Die Museen sind voll mit Porträts solcher Gesichter, schön nicht von Geburt, sondern durch die Kunst eines Zeichners, der auch die Überraschung festhält im Blick dessen, der schaut, und auch sein Mißtrauen, denn der Porträtierte wehrt sich gegen die Intimität dieser Begegnung.

Dann geht alles sehr schnell. Noch mitten in ihrer Ermahnung, mehr zu schlafen und sich gesünder zu ernähren, steht sie auf, eilig, auf dem Sprung zum Taxi, das sie (»Adieu, mein Sohn, und vergiß nicht, wie leicht Frauen schwanger werden«) zum Flughafen bringen soll. So wird aus dem Besuch beim Friseur, den er vorgeschlagen hat, wieder nichts. Nächstes Mal eben. Ganz sicher das nächste Mal.

Wer ist Karotte sonst noch? Der unbeteiligten Mehrheit der Menschen – dem Kellner zum Beispiel, der die Suppen abkassiert – mag so einer auf der Straße als unangenehm verwahrlost auffallen. Man möchte so einem nicht einmal in der Straßenbahn gegenübersitzen müssen. Vor Verfolgung rettet ihn, daß er im Stadtbild keinen Einzelfall darstellt. Mittlerweile sehen viele so aus, sogar an Theatern und Kunstakademien.

Eine beneidenswerte Lage ist das nicht für einen, der sich sehr wohl wäscht, kerngesund ist, kräftig, nicht raucht (keine Zigaretten jedenfalls), nichts trinkt, sich auch niemals an Demonstrationen beteiligt hat. Er ist selbst eine. Ihm ist die

Zukunft Österreichs so gleichgültig wie die Farbe seiner Turnschuhe, wie das Hemd, das er anhat oder der Zustand seiner Jacke. Am Kinn fällt der Versuch auf, Barthaare zu züchten. Das wird nichts. Seine Ernährung besteht weiterhin aus Pizza-Ecken, dazu trinkt er Leitungswasser.

Ob er eine Freundin hat? Viele. Er ist beliebt, vor allem bei Mädchen, die nie einen Bruder hatten. Er ist, finden sie, ideal als Bruder, selbständig, zuverlässig, hilfsbereit und vor allem geschickt. Er kann Nägel einschlagen, kennt sich aus mit Steckdosen und schneidet sich nicht jedesmal, wenn er eine Dose Bohnen aufmachen soll. Undenkbar, daß so einer einem an die Wäsche will.

Unsinn! Natürlich will Karotte das! Das wollen schließlich nun mal Jungs in seinem Alter alle. Nur hat er offenbar etwas mehr als andere die Ruhe weg. Er setzt auf Langsamkeit. Er kann warten. Er genießt das Warten sogar. Er schaut gern zu, wie das Warten die Mädchen, die ja auch warten, verändert. Sie werden, während sie warten, noch schöner. Ihre Unsicherheit schenkt ihnen eine Schönheit, die nur der nie sieht, der sich verliebt.

Karotte ist auch gern verliebt, aber mehr in das, was er sich dabei denkt, während er den Mädchen beim Alleinsein zuschaut. Am meisten verliebt ist er in die Vorstellung seiner Unsichtbarkeit. Als Beobachter wäre er der intimste Teil jeder Verführung. Das behält er aber für sich, es ist einfacher so. Daran hält er fest, auch in turbulenten Nächten. Wenn er überhaupt etwas anstrebt, ist es Überschaubarkeit. Als Glücksucher hat er bei ihnen nie angeheuert. Wenn schon, sieht er sich als Talisman.

Besucht er Bordelle? Nein. Bordelle sind ihm zu bürgerlich.

Hat er Geheimnisse? Er onaniert gern, ohne schlechtes Gewissen, in schöner Regelmäßigkeit. Es muß, was in ihm zuviel ist, aus dem Körper. Er zapft Unruhe ab, entfernt überflüssig Flüssiges. Aus Anstand macht er das mit sich selbst ab, allein. Ganz noch die alte Do-it-yourself-Masche. Fremdeinwirkung wäre Übertreibung. So schlimm ist es nicht. Noch ist ihm jedes Mädchen zu kostbar, um sie für seine Zwecke für ein, zwei Stunden gefangenzunehmen, nur um sich danach wieder fit zu fühlen. Noch will er als Bruder funktionsfähig bleiben. In dieser Eigenschaft wäre eine Verführung auch nicht leicht machbar. Gibt es am Ende etwas Lachhafteres als eine Erektion, die nichts zur Sache tut? Wieder wäre die Welt nur, wie sie immer war: lachhaft, lächerlich, zum Totlachen. Reine Zeitverschwendung!

Aber manchmal eben, zugegeben, macht das Klopfen auch in seinen Hoden Lärm. Dann ist es wichtig, unter keinen Umständen das Haus zu verlassen. Nur nicht raus, auch zum Friseur nicht. Nur dort nicht Frauen anschauen, nicht die, die auf Lärm hellhörig reagieren, und auch die nicht, die sich die Ohren zuhalten.

Menschen, denkt er, sind für Komplikationen eigentlich zu schade; auch Mädchen, die kompliziert träumen. Genau die aber sind seine Sorgenkinder, denen er als Bruder beisteht – eine Arbeit im übrigen, die ihm keiner, der ihn kommen oder gehen sieht, zutraut.

Was macht Karotte sonst noch Spaß? In einem Kindergarten in der Leopoldstadt ist er (kostenlos) teilzeitbeschäftigt als Überraschungsgast. Das macht Spaß, sehr viel Spaß! Er beherrscht ein paar einfache Zaubertricks, kann komische Reime aufsagen und kennt, das vor allem, die Geschichte der Maus, die ihre Mutter besuchen will. Natürlich kennen die

Kinder die Geschichte inzwischen längst alle auch, was sie aber nicht hindert, sie noch einmal und noch einmal und am liebsten noch ein drittes Mal hören zu wollen, denn sie ist so komisch wie Karotte, wenn er sie erzählt. Immerhin fängt sie, wie alle guten Geschichten, mit dem Satz Es war einmal … an, und alle freuen sich, wenn sich die Maus am Ende neue Füße kaufen muß, weil das Auto die Räder verliert, die Rollschuhe die Rollen und die Schuhe die Sohlen. Wenn Karotte ein Auto hätte, hätte er auch eins, das die Räder verliert, und seine Schuhe, so wie die immer aussehen, muß ihm die Maus geschenkt haben, bevor sie sich am Straßenrand neue Füße kaufte. Okay, sagt Karotte, noch einmal von vorn, aber dann, Kinder, ist Schluß. Er verspricht aber wiederzukommen, was er auch regelmäßig tut, schon aus Eigeninteresse. Er versteht Kinder. Mehr als Kinder wissen, weiß er auch nicht. Da helfen keine Zaubertricks.

Welcher Zufall hat Karotte mit dem Friseur zusammengeführt? Ganz einfach, zwei Kinokarten für den gleichen Film, erste Abendvorstellung.* Schon saßen sie nebeneinander. Was der Friseur an Platz für sich beanspruchte, gab Karotte gern her. Sie bildeten, noch bevor ein Wort zwischen ihnen gefallen war, ein Ganzes. Wie Freunde sahen sie aus, noch bevor sie welche wurden. Experten sind beide nicht, was Filme betrifft. Auch auf Vorlieben bestehen sie nicht, was Schauspielerinnen oder Schauspieler oder Regisseure angeht. Alles ist recht, Bibelschinken, Krimis, Kriegs- und Actionfilme, Die Nacht der lebenden Toten und Cinderella, alles, bis auf Liebesfilme. Sie finden nicht einmal schlechte Filme langweilig.

* Daß es sich um »Out of the Past« mit Robert Mitchum, Kirk Douglas und Jane Greer gehandelt hat, wissen sie wohl beide nicht mehr.

Es war Winter, erinnert sich Karotte, und weil der Käfer, den der Friseur fuhr, nach dem Kino nicht ansprang, hat ihn Karotte kurzgeschlossen. Dem Friseur, der ihn schon hatte stehenlassen wollen, hat das imponiert. Er saß in seinem Auto und fror, und hinten unter der Motorhaube hantierte Karotte mit bloßen Fingern, und das bei ungewöhnlich strengen Unter-Null-Temperaturen, ohne Schal, ohne Mantel. Dann lief der Motor wieder. Karotte überlegte, was sie noch unternehmen könnten, sah dann aber, daß die Windschutzscheibe mit einer Eiskruste bedeckt war. So würden sie nirgendwo hinkommen. Also stieg er wieder aus, raus in die Kälte, kratzte mit bloßen Händen das Eis von der Scheibe, was dem Friseur noch mehr imponierte. Er war fasziniert. Ihm froren schon im Auto alle Finger ab, und dieser Junge zögerte nicht, sich die Nägel wundzukratzen. Er winkte ihm durch eine bereits freie Stelle sogar noch von draußen zu, machte ein paar fröhliche Faxen, und die so übertrieben, als stünde er auf dem Nordpol und winke jemand am Südpol zu. Vor lauter Freude über die Faxen würgte der Friseur den Motor wieder ab. Karotte half wieder aus, ließ sich dann aber zum Aufwärmen zu einer Freundin fahren und hatte Film und Friseur vergessen. Als er am nächsten Morgen sein Kleingeld zählte, kam auch die Kinokarte zum Vorschein und auf der Rückseite eine Kritzelei, die er als Adresse entzifferte. Mehr war nicht. Aber von da ab hätten sie selbst als komisches Paar im Kino auftreten können, so gekonnt waren sie vom ersten Augenblick ihrer Begegnung eingespielt.

Der Friseur hat die Sache anders in Erinnerung, ganz anders. Gleich im ersten Jahr sei eine Horde Sprayer, in ihrem Gefolge ein Pulk Skater, aufgetaucht, eine wilde Gesellschaft, die sich sofort die noch leere Wand im zweiten hinteren

Raum vorgenommen habe. Es war eine Clique, die am nahen Schwedenplatz herumlungerte, Rowdies, kaum alphabetisierte Halbwüchsige, einige von ihnen aber mit so hellen, klaren, unschuldigen Gesichtszügen, daß sie wie von zu Hause ausgerissene Muttersöhnchen wirkten. Alle hatten sie Spraydosen dabei. Was auch immer der Grund ihres Auftauchens war, die Flucht vor einer Razzia, ein Schneesturm oder ganz einfach die Kälte, sie machten sich ohne groß um Erlaubnis zu bitten an die Arbeit. Das mitgebrachte Material reichte schon bald nicht mehr aus für die polynesische Orgie, die sie aufführten. Sie benötigten Nachschub, also Geld, um neue Dosen kaufen zu können. Die Wand verlangte nach Vollendung.

So sehr in Ruhe arbeiten zu können war zwar ihrem Selbstverständnis als halbkriminelle Gang abträglich – es fehlte der Kitzel des schnellen Auftauchens und Verschwindens, die Genugtuung, die einem die Gefahr, gefaßt zu werden, verschafft –, aber zur Abwechslung war auch dieser Spaß gut genug. Außerdem gefiel es ihnen hier, und Musik gab es auch. Nur, sie hatten nichts als ihre leeren Spraydosen in den Händen. Und Geld hatten sie auch keins. Von mir verlangten sie, erinnert sich der Friseur, ich solle ihnen was geben, wenn sie sich schon die Mühe machten, ihre Handschrift zurückzulassen. Und ich gab ihnen welches. Als sie dann abzogen irgendwann, jedenfalls lange nach Ladenschluß, blieb einer sitzen. Das war Karotte. So war das. Ich schlug vor, ins Kino zu gehen, denn irgendwie mußte ich ihn ja überreden, sich endlich zu bewegen. Und das haben wir dann gemacht. Sein Skateboard liegt übrigens noch heute in der Abstellkammer. Von dem Wandbild ist auch nichts mehr zu sehen. Übertüncht, leider. Ein Wasserschaden, Pilzbefall, ein Sachverständiger, der die Bausubstanz prüft, Ergebnis: der Raum mußte renoviert werden (*gründlich*, wie die Frau des Friseurs feststellt), und als die Malermeister schließlich letzte Hand anlegten, war ihnen anzusehen, was sie von diesen Schmierereien hielten.

Es stellte sich heraus, daß Karotte alles konnte, aber nichts zu tun hatte, den ganzen Tag nicht. Er war unterbeschäftigt. Gleich am zweiten Tag seines Erscheinens in der Griechengasse machte er sich nützlich, indem er den Boden fegte, zwei defekte Steckdosen in Ordnung brachte und die kleine Waschmaschine entkalkte, die auf dem Müll landen sollte. Kaffee kochen konnte er auch. Er machte den besten Kaffee, obwohl er selbst keinen trank. Er kannte sich im Last-Minute-Tourismus aus, vor allem was Flüge auf Inseln betraf, die mit keinem Aufwand an Geldmitteln bewohnbar waren; er verbrachte dort selbst gern ganze Sommer, auch wenn es schwieriger wurde, überhaupt noch ein Fleckchen zu finden, das nicht schon besiedelt war von seltsamen Heiligen, die ihre Zugehörigkeit zur Unendlichkeit des Weltalls feierten, und das bis zum Kollaps. Wenn es sein muß, kann Karotte sogar dichten; zumindest schreibt er manchmal kleine Einfälle auf, die wie Gedichte aussehen, wie das folgende:

An Gott
Schick deinen besten Jongleur
und laß mich sein der bunte Ball,
der letzte, den in die Luft zu werfen
er sich gerade noch traut.

Wovon lebt Karotte? Bis auf seine Mutter fragen sich das alle, er sich auch, aber vor allem lebt er vom Geld, das er mit dem Einsammeln von Pfandflaschen im Flexx, seiner Stammdisco, verdient. Das reicht, setzt aber Übung in Sparsamkeit voraus. Trotzdem gönnt er sich, wenn er noch was übrig hat, eine Portion Eis, zwei Kugeln, und eine Kinokarte hinterher, die der Einfachheit halber inzwischen allerdings der Friseur zahlt. Einnahmen, die ihn überraschen, steckt er ausnahmslos in seine Kameraausrüstung.

Woher aber, muß man sich doch wundern, hat er die teure Spiegelreflexkamera? Gute Frage. Aber so ist das in einer Stadt mit Touristen vor bedeutenden Bauwerken: Es wird mehr geknipst als geatmet. In unserem Fall spielte sich das alles vor dem Portal der Wiener Staatsoper am Ring ab. Dort suchte eine Gruppe Koreaner gerade nach jemandem, der sie fotografiert. Karotte war zur richtigen Zeit am richtigen Ort, und nicht einmal er selbst hätte sagen können, was daran Zufall oder Absicht gewesen sein könnte. Er sollte, wie man ihm zu erklären versuchte, zehnmal auf den Auslöser drücken, einmal auf jeden Auslöser der zehn Kameras, die sie ihm mit sehr hübschen Verneigungen zu Füßen legten. Im Hochsommer genügt in Wien ein einziger Schritt, um in den Menschenmassen der Touristen unauffindbar zu bleiben. Karotte hatte also erst einmal genug Muße, sich in Ruhe die für seine Zwecke geeignetste Kamera auszusuchen, und mit der dann zu verschwinden, wobei der Himmel noch einen Bus vorbeischickte, der sich für den Moment zwischen ihn und die Reisegruppe schob. Er fiel danach um so weniger auf, als er ja jetzt auch, wie fast jeder Passant, eine Kamera umhängen hatte.

Hatte er Gewissensbisse? Aber ja! Und wie! Die Scham, betrogen zu haben, ließ lange nicht nach. Er hätte am liebsten den Fotoapparat zurückgeschickt, Anschrift: to whom it may concern, Seoul, Korea. Er machte sich Vorwürfe und getraute sich aus schlechtem Gewissen nicht einmal mehr zu seinen Kindern. Noch im Herbst vermutete er in jedem Asiaten, der ihm ohne Kamera entgegenkam, sein Opfer. Andererseits wurde es dann allmählich leerer in Wien und kalt und Winter, und rechtzeitig mit dem ersten Schnee war er in der Leopoldstadt wieder zur Stelle, rechtzeitig für die ersten kleinen Schneeballschlachten und die Maus, die sich anschickt, ihre Mutter zu besuchen. Es war einmal ... und immer noch gibt es unter Kindern welche, die sich dann bei der Hand fassen, um sicher zu sein, in einer Geschichte, die so beginnt, nicht verlorenzugehen.

Ob er eine Ahnung hat, wer Mozart ist? Doch, natürlich. Er hält ihn für einen Physiker, für was sonst? Er mag den Mann, weil er interessant denkt. *Das weiße Mischlicht der Sonne,* das ist keine lyrische Verszeile, sondern wissenschaftlicher Text. Käme einer sonst auf den Einfall, die Farbladungen elektrischer Felder zu kennen, auch noch die zwischen Sandkörnern, und sie in Beziehung zu setzen zum Klang? Ist Klang, das Hörbare also, sichtbar? Welche sind die Wechselwirkungen zwischen Materie verschiedener Dichte? Und in welcher Konkurrenz stehen Licht und Luft? Interessante Fragen. Wie auch die: Warum tanzen die Teilchen? Was bewegt sie? Ist es Gottes magische oder magnetische Hand?

Einmal – er hat dabei wie immer mit dem Sand in seiner Hand gespielt und etwas davon fiel immer auch auf seine Hosen und Schuhe –, einmal zog Mozart also einen Zettel aus der Tasche, auf dem aber keine Noten standen, keine einzige, sondern Zahlen, Ziffern, irgendwelche Berechnungen offenbar. Damit wedelte er herum, während der Friseur durchatmete. Der Mann war anstrengend, ohne Zweifel. Vielleicht erklärt das die zwar weit zurückliegende, doch durchaus königliche Serie seiner Mißerfolge, als Geschäfts- wie als Ehemann. Als Vater ein Versager, eine Niete als Billardspieler, als Unternehmer eine ziemliche Null. Hat je jemand von seinen Kochkünsten gehört? Bei aller Hochbegabung ein Kotzbrokken. Es juckte die Haut, wenn man seine Späße ertragen mußte, und selbst die waren anstrengend wie sein Lachen; sein Betragen eine Zumutung. Wer hat ihn nicht alles zum Teufel gewünscht! Und das am Ende nicht nur die Empfänger seiner Bettelbriefe.

Eine Nervensäge war er, was im übrigen historisch bestens belegt ist. Kein Kaiser läßt sich drängeln, kein Salieri andauernd in die Suppe spucken. Apropos Salieri, dem die Wiener als Andenken gerade mal weit draußen im 18. Gemeindebezirk eine schiefe, kleine Gasse gegönnt haben! Wer hat nun eigentlich wen vergiftet? Die Nachwelt hat entschieden, dabei hätte Mozart bei weitem mehr Gründe gehabt, den verhaßten Italiener auf dem Posten des Hofkompositeurs aus dem Weg zu räumen, als umgekehrt.

Aber keine Sorge, auch die Wiener nehmen wenig Rücksichten. Ecke Singerstraße/Grünangergasse befindet sich eine Apotheke, die sich der Legende rühmt, Salieri das Gift verkauft zu haben, mit dem er dann nach Los Angeles geflogen sein muß, um Mozart, der dort gerade in einem Film die Hauptrolle spielte, ganz unfeierlich ins Jenseits zu befördern.

Dann sein Privatleben! Ich bitte Sie! Konstanze war all die Ehejahre über krank, kränklich, zumindest unpäßlich. Sie verkurte die Einkünfte. Sie betrog ihn. Sie war, wie sie begriff, an den falschen Mann geraten. Dann starb er, wie man so sagt. Nun gut, und was geschieht? Konstanze, gerade noch bettlägerig, geheilt! Er hat sie nicht nur zur Witwe gemacht, sondern, was für ein Genie, auch gesund.

Ehrlich gefragt, hat sich sein Auftreten denn bis heute gebessert? Anstrengend ist gar kein Ausdruck für den Mann. Sind es Migränezustände oder Altersschwachsinn, wenn er ausfallend wird, sobald man sich auch nur andeutungsweise für sein Leben vor zweihundert Jahren interessiert? Ich finde, daß er da übertreibt, denn der Friseur ist buchstäblich der einzige hier, der überhaupt, wenn auch nur halbwegs, weiß, wer der schmale alte Herr ist, und das Mädchen, das er als *seine* Anna in Besitz nimmt, weiß noch weniger, wen er meint, wenn er ihr zulächelt. Mit diesem Namen geschlagen zu sein gefällt ihm jedenfalls ganz und gar nicht. Nur eines, schimpft er, war ich nie, was heute ja wohl jeder zu sein scheint, ein Karrierist. Inter faeces et urinam nascimur. Zwischen Harnkanal und After treten die Menschen ihre Karrieren an.

Er besitzt kein Gramm Verständnis für alles, was bisher über ihn geschrieben wurde*, und bittet darum, nicht auch hier noch beim Friseur mit Bewunderung, etwa für seine Opern, belästigt zu werden. Geschichten sind was fürs Publikum oder für die Zensur, na gut, mich interessierten damals Vokale und Konsonanten, die Stabilität der Sätze, ihre Länge, ihre Brauchbarkeit für Gesang. Die Konvention ist das eine, Musik das andere, das völlig andere.

Erst vor kurzem, erklärt Mozart, ist die Rolle, die kleine Windturbulenzen bei der Bildung von Regentropfen spielen, nachgewiesen worden.

* Mit größtem Vergnügen allerdings verschlingt er das *Journal of the Royal Society of Medicine*. In der Ausgabe vom Frühjahr 2001 war von seiner Musik im Zusammenhang mit Ratten die Rede gewesen. Dort hatte es geheißen: »Ratten, die schon im Uterus und bis zu sechzig Tagen nach der Geburt mit der Sonate für vier Hände in D-Dur (KV 448) traktiert wurden, konnten aufgrund einer Verbesserung des räumlichen Verstehens Labyrinthe besser durchlaufen.«

Der Friseur nickt so vorsichtig er kann.

Sie haben sicher auch darüber gelesen.

Direkt über Regentropfen nicht, nein. Der Friseur ist ratlos. Über Überschwemmungen hat er gelesen, über Hochwasserkatastrophen, einstürzende Brücken und abgesoffene Schiffe. Er ist so daran gewöhnt, selbst der Tanzmeister seiner Stunden und Tage zu sein, daß es ihm schwerfällt, aus der Defensive heraus auf Einsätze reagieren zu müssen, die offenbar Kenntnisse voraussetzen, die ihm fehlen. Wissenschaftliches über Regen ist ihm unbekannt, Wissenschaftliches überhaupt. Sein Eigentum ist Erinnerung. Als er ein Kind war, kannte er keinen Regen. Den gibt es nicht, wo er aufwuchs. Der erste Regen, der auf dem Atlantik, war kein Regen, sondern eine Flut, ein Unwetter, ein Weltenende, fast sein Untergang. Zum Nachdenken kam er da nicht. Und das Sauwetter später in Triest hätte er auch einem einzelnen Regentropfen zuliebe nicht verteidigt. Im übrigen, auch in Venedig war das Wetter nicht besser. Der Regen stank schon nach dem Wasser, in das er fiel. Aber, fällt ihm dann ein, sehen Noten nicht auch aus wie kleine Tropfen?

Mozart überhört das. Und wo, glauben Sie, existieren diese Turbulenzen? Richtig, in den Wolken! In einer Wolke, in die keiner hineinschauen kann, kommt es zu Turbulenzen kleinster Teilchen. Ist das nicht ein schönes Bild? Vielleicht! Aber Wolken an sich interessieren mich nicht. Ich fand sie schon immer weniger dramatisch als viele meiner damaligen Kollegen. Und feierlich ist mir nicht zumute. Ich bin kein Maler. Und ein Spaziergänger war ich schon damals nicht. Schön, von mir aus, mag sein, daß ich die Schönheit, die sie meinen, nicht begreife. Dafür begreife ich ganz gut, daß Schönheit Präzision voraussetzt. Sie ist Teil einer universellen Harmonie. Ihre Gesetze sind es, die mich interessieren, ihre Formeln. Wenn eine Formel nicht schön ist, kann sie nicht wahr sein – und wir können weitersuchen.

Es staubt, als er die Hände zusammenschlägt.

Auch Musik ist nichts weiter als ein Experiment mit Energien, die in starker Dosierung im Raum existieren. Sie ist eine Folge von Zuständen. Je heftiger der Zusammenprall der Staubteilchen, um so größere Tropfen. Und jeder Tropfen hat seine Wachstumszeit, jedes Staubteilchen, jeder Tropfen seine Fallgeschwindigkeit. Aus den Wolken fällt Regen, na und? Er ergießt sich über die Erde, fällt auf die Welt, so entstehen Saat und Korn, Wälder und Wiesen, so entstehen aber auch Sonaten und Symphonien, nach den gleichen Gesetzmäßigkeiten, dem gleichen Bauprinzip, Kondensationskeime hier wie dort. Das jedenfalls ist, auch wenn wir nichts hören, der alte Anfang aller Musik.

Er spricht von Wasser, seinem Regelwerk, der Zuordnung der Elemente, seinem Widerstand gegen Störungen. Erzählt von einem Aufenthalt am Meer, einem Fischerdorf zwischen, grob gesagt, Marseille und Genua, wo er Wochen damit zugebracht habe, Wasser zu verstehen. Er habe nach Erklärungen gesucht für die Fehler, die das Gehirn produziert. Unter einem Turm, der Ruine einer alten wehrhaften Befestigung, habe er auf einer Bank gesessen und die Oberfläche des Wassers studiert. Ihm sei wissenschaftlich, nicht poetisch zumute gewesen beim Betrachten der gleichmäßig ausschwingenden, ruhigen oder bei zunehmenden Windstärken aufgerauhten, springenden Bewegungen der Wellen. Direkt vor ihm, nah am Ufer, das aus hingeschütteten Steinbrocken bestand, habe sich ein Fels im Meer befunden, gegen den das Wasser geschlagen habe. Wasser und Stein. Es klatscht dagegen, spritzt auf, alle

Bewegung ist in Unordnung, aber natürlich kann es Unordnung in diesem Element nicht geben. Wir sind es, die so denken. Wir sehen, was wir denken. Ich experimentierte damit, solange wie möglich keine Gedanken zu haben. Daran muß ein Mensch sich langsam gewöhnen; er denkt ja immerzu etwas. Die Gedanken liegen wie Felsen, wie dieser Fels, im Wasser, und sie wissen selbst nicht, daß ihn das Wasser nicht bekämpft, sondern in einer Zeitrechnung jenseits unserer Vorstellung vernichtet. Was ich sah, war, wie es dagegenklatschte, spritzte, aufschäumte. Plötzlich war da ein Hindernis und die Bewegung unterbrochen. Ich studierte die Gischt, die plötzliche Unruhe, das Zerfallen der Fläche in Teile und Teilchen, in zuletzt einzelne Tropfen, ganz wie es einem Individuum zusteht, das der Manipulation seiner Wünsche, seiner Einfälle, seiner Experimente mehr vertraut als seinem Wissen. Es käme ja keinem Wassertropfen die Idee, sich wie ein Künstler aufzuspielen, in der Luft einen kleinen Salto zu schlagen, einen anderen Tropfen anzurempeln, zu stören, sich also, wie wir sagen, individuell zu verhalten. Ein menschenleeres Spiel – beeindruckend, weil es sich in genau identischer Weise nie wiederholt, und trotzdem nicht das Resultat einer Inszenierung ist. Vor mir der Fels, dieser Querschläger, verdeutlichte, was Wasser kann. Es zerspringt, um sich nach dem Sprung wieder so vollkommen mit sich zu vereinigen, als treibe es, seiner selbst kraftvoll sicher, den Horizont an. Teile und Teilchen tun nur, was sie müssen. Nichts anderes. Wasser auch. Es produziert sich nicht, es ist. Unter welchen Bedingungen auch immer, besänftigend oder bedrohend, zeigt es nie Launen. Noch mit der Welle, die ein Schiff versenkt, mordet es nicht. Es schreibt keine Gedichte. Es erklärt nichts. Alles, was ihm geschieht, ist berechenbar – und es bleibt dabei, keine Unterhaltungen zu führen. Man kann ja nicht sagen, daß es schweigt, aber es redet nicht. Das ist musikalisch interessant. Schwimmen lernen heißt ja nicht, vom Wasser lernen. Wir gehen nicht mehr unter, das ist alles. Den meisten genügt das. Während ich, ein Nichtschwimmer, die Chance einschätze, keine Fehler zu machen, einen Tropfen nicht hier, einen anderen nicht dorthin verpflanzen zu wollen.

Mit den Naturgesetzen vereinbar, ermahnt Mozart sich immer wieder selbst, in jedem Großen immer Kleineres, Kooperation der Moleküle. *An dem Nichts*, spricht Hiob, *hanget die Erde*. Und das Publikum, bis heute, redet von Einfällen, musikalischen Einfällen. Er deutet auf den kleinen Rest Sand, der noch in seiner Handfläche verblieben ist. Woher, sagen Sie, stammt das?

Afrikanische Wüste. Wüstensand aus Afrika. Schwer zu bestimmen, aus welchem Teil der Wüste. Herübergeweht nach Wien.

Er rührt mit dem Zeigefinger im Sand. Sie rühren darin herum, die Nichtskönner. Das können sie, Sandkuchen backen. Sie ... – er wird von Anna abgelenkt; im Spiegel sieht er sie vorbeigehen. Seine Augen lachen. Tanz der Teilchen, deren Teil wir nur sind, wenn auch wir tanzen. Teile, die nicht in Einzelteile zerfallen. Am besten tanzen wir, wenn wir glücklich sind. Wie die Teilchen für das bloße Auge natürlich unsichtbar.

Karotte, der, weil er gerade sonst nichts zu tun hat, sich das alles mit Vergnügen anhört, hat eine abgebrochene Lehre als Elektriker hinter sich, ist aber unmusikalisch. Die Musik, die er kennt, ist laut, was den Vorteil hat, daß man sich mit niemandem lange unterhalten und nicht zuhören muß. Und wach hält sie auch. Er muß ja jede Nacht durchhalten, bis Schluß ist, bis die Sloweninnen anrücken und alles unter Putzwasser setzen. Der Laden gleicht im grell aufflammenden Neonlicht einem Schlachtfeld. Es stinkt abgestanden. Überall leere Flaschen, aber jede Flasche eine Pfandflasche, und der Wirt zahlt sie aus. Wovon sonst soll er leben?

Karotte fotografiert, während er aufräumt; am liebsten alles unscharf. Es darf nichts auf seinen Fotos scharf sein. Auch die Koreaner hätten sich auf ihren Fotos weder einzeln noch als Gruppe, noch als Koreaner wiedererkannt. Er fotografiert, wie der Friseur findet, so falsch, wie er singt. Andererseits hat das Vorteile.

Bei Mädchen, von denen er will, daß sie sich ausziehen, was viele erst einmal ablehnen, hinterläßt es Wirkung, wenn er ihnen Fotos zeigt, die nie ein Gesicht zeigen, und wenn, ist es nicht zu erkennen. Sie fühlen sich beschützt. Das genießt er, und auch, wie schamhaft Mädchen sein können, die aus den Kleidern steigen. Wie komisch das aussieht, wenn sie, weil er es so will, dabei ihre Brillen aufbehalten. Mittlerweile zieht sich jeden Tag eine vor ihm aus, weil sie davon ausgeht, daß Karotte wie ein Bruder ist und unscharfe Fotos schießt. Mit denen taucht er dann in der Akademie der Schönen Künste auf, speist sie, als Gaststudent getarnt, in einen der dort verfügbaren Computer, isoliert kleine Rechtecke, vergrößert sie, sucht das richtige, das spannende, das überzeugendste Detail aus. Das ist dann das Bild.

Die Mädchen, denen er die Resultate zeigt, sind enttäuscht, wie wenig man von ihnen erkennt. Trotzdem macht er auch bei ihnen Karriere. Karotte wird heiliggesprochen, das hat er nun davon. Seine Nützlichkeit spricht sich weiter herum. Ein Belagerungszustand ist die Folge, der rund um die Uhr anhält. Kein Versuch, sich zu wehren, ist über das Planungsstadium bisher hinausgekommen. Beim Friseur ziehen sie ihn schon auf damit, vor allem die Draufgänger und selbsternannten Weiberhelden, die er schon deshalb nicht ausstehen kann, weil sie seine Fotos wie Witze kommentieren. Aber sie mögen, räumt er ein, nicht ganz unrecht haben, wenn sie wissen wollen, ob ihm für Mädchen keine bessere Verwendung einfällt, als sie in Kunst zu verwandeln.

Nach vollbrachter Onanie (mit Vorliebe, wenn er zufällig in der Gegend ist, auf der Herrentoilette des Bristol) zu nüchterner Betrachtung zurückgekehrt, will er, wie er sich einredet, seine Beanspruchung als väterlicher Freund einschränken, und zwar drastisch. Es soll keinen weiteren Sommer seiner Missionstätigkeit geben. Er strebt Verhältnisse an, die Leidenschaft ausschließen, nicht aber gelegentlichen Sex. Zwei, die es treiben wie Bruder und Schwester? Warum nicht?

Karotte denkt an den Schwarm seiner Schwestern, an ihre Unbefangenheit ihm gegenüber, gerade weil auf seine Enthaltsamkeit immer Verlaß war. Eine Sünde wäre es ja nicht, nur das Wetterleuchten einer Sünde, ihre saftige Metapher. Warum singt niemand das Hohelied der Einsicht, sich nur der Freude und lustvollen Entspannung zuliebe zu paaren? Es wäre doch, ach, alles so einfach, Agathe (Stoßgebet anno 1902)! Es sind doch auch anno 2002 nicht nur die Nächte, sondern doch schon die Nachmittage lang genug, um es nicht wenigstens zu versuchen. Karotte nimmt sich vor, reinen Tisch zu machen. Und reines Bett. Um die anderen ihrer kleinen Sorgen, das Fahrrad, das einen Platten hat, den Durchlauferhitzer, der wieder nicht funktioniert, oder die klemmende Schublade im Flur kann er sich danach ja immer noch kümmern. Das ist machbar, findet er.

Er könnte richtiggehend wütend werden, wenn er an seine Hosenrolle als beste Freundin und die ganzen letzten Jahre denkt oder auch nur an die letzten Wochen und Tage. Soll ich, will Chris wissen, dem Dealer, der sie verfolgt und ihr immer wieder gratis einen Schuß andrehen will, anzeigen, in die Eier treten, oder genügt ein Tritt gegen das Schienbein? Amina will wissen, was daran eigentlich nicht okay sein soll, hin und wieder am Wochenende was einzuwerfen, natürlich nur cleanes Zeug? Wie ist das, wenn man ein Kind will? Was typisch Martha ist, die es gern drauf ankommen lassen möchte, ohne sich sehr sicher zu sein. Sonja dagegen hat eins, einen Jungen, den Karotte natürlich liebt wie einen eigenen; nur müßte er Sonja einen Schnellkurs verpassen, was es heißt, nicht das Kind erziehen zu wollen, sondern sich von ihrem Kind erziehen zu lassen. Das kapiert auch eine wie Maria nicht, die auch eins hat (und wie Sonja gepierct ist, mit einer kleinen silbernen Kugel in der Zunge). Der Jammer ist, daß sie kifft – nein, nicht zum Vergnügen wie er, sondern aus Angst, nüchtern mit der Welt zu kollidieren und die Nerven zu verlieren. Da dickt sie sich lieber die Lunge mit Rauschgift ein; ob das Kind Geldscheine in den Mund stopft oder Bonbons oder den Schnuller, spielt dann auch keine so große Rolle mehr. Demnächst, prophezeite er ihr, wird es mit einem zusammengerollten Mickey-Mouse-Heftchen so lange auf dich eindreschen, bis du von deiner Wolke kippst und unten, wo es auf dich wartet, hart genug aufschlägst, um aufzuwachen.

Sie beginnen über die Wirkung ihrer Unterwäsche nachzudenken, während sie seine Unterhosen tragen – und vor ihm stehen, als sei er kein Mann, zumindest keiner, der scharf hinschaut. Läßt sich das nicht alles vereinfachen? Regelmäßiger Geschlechtsverkehr in undramatischer Dosierung, leuchtet das nicht ein? Warum sich nicht vernünftigerweise darauf einigen, vom Glück nicht alles verlangen zu wollen, nicht auch noch, daß es glücklich macht?

Die Seltsamste ist eine Irene, die sich Ira nennt. Er nennt sie Puffi, was sie akzeptiert. Sie läuft Karotte einfach immer nur hinterher und steckt ihm kleine gezeichnete Briefe zu. Wenn sie ihn aus den Augen verliert, macht das nichts, sie findet ihn wieder und trottet wieder hinterher. Sie kommt mit, auch nachts. Dabei ist immer sie es, die nüchtern ist. Sie redet wenig, und wenn, ist sie höflich. Sie weiß, daß sie das alles nicht tun sollte, aber mit der Bitte um Verzeihung ist es getan. Abzuschütteln ist sie nicht, es sei denn, er biegt in die Griechengasse ein; dort läßt sie sich nicht blicken.

Sie beobachtet, ob Karotte sich nicht bereits an sie gewöhnt hat. Das hat er, weil sie schön ist. Sie weiß, daß das wirkt. Nicht schöner sein wollen, als man ist, wirkt auch. Außerdem mag er Haare. Und die hat sie. Sie macht kein Geheimnis daraus, daß sie eines hat; und benimmt sich ihm gegenüber wie ein Junge. Sie weiß nicht, was sie sonst tun soll, zumal es mit ihm nie langweilig ist. Wie er über mich denkt, denkt sie, ist nicht wichtig, nicht sehr. Ich liebe ihn nicht. Mir gefällt besser, nicht zu lieben. Trotzdem, das bestimme ich, ist er mein Freund. Ich bleibe bei ihm, bis er mich wegschickt. Ich bin nicht die, die sich dann dumm stellt. Er schimpft manchmal und läuft dann einfach in die entgegengesetzte Richtung, aber er wartet zwei Straßen weiter und behauptet, daß ich störe und er die Briefe, die ich zeichne, nicht lustig findet.

Sind sie auch nicht, jedenfalls nicht lustig.

Was sind sie dann?

Komisch. Ja, das sind sie. Findet sie wenigstens.

Sie streiten. Wenn komische Sachen nicht lustig sind, was ist daran dann komisch?

Kann ich nicht erklären, aber zeichnen kann ich es. Wenigstens weiß sie jetzt, daß er die Briefe liest, die sie zeichnet. Damit ist sie zufrieden.

Witzig könnten sie wenigstens sein, wenigstens manchmal.

Nein. Sie mag Witze nicht. Lieber ist sie traurig, was mehr Spaß macht. Sie muß lachen. Findest du das nicht auch komisch?

Er kann sich nicht entscheiden. Auf keinen Fall ist ihm zum Lachen zumute, wenn er sich nicht mehr auskennt mit seinen Antworten. Und damit, was er sonst sagen soll.

Ihr geht es gut, wenn sie ihn soweit bringt. Um ihm zu helfen, ist dann sie es, die weggeht.

Genau das ist es, was ihn wütend macht. Sie hat immer Einfälle, gegen die wenig einzuwenden ist. Wie gegen die Maus, eine lebende kleine Maus, die sie plötzlich in der Hand hat. Wie sie das erklärt? Da stand jemand am Straßenrand, der sie mir schenkte. Er brachte sie seinen Kindern, die seither versuchen, sie vor der Kindergärtnerin zu verstecken. Wie gegen die zwei jungen Araber, von denen sie erzählt, die um vier Uhr morgens im Straßenbahndepot, wo sie arbeiten, auf sie warten. Eine Geschichte der ganz besonderen Art, denn die zwei sind Brüder. Sie kommen zu ihr in die Dunkelheit, beide. Zu dritt sind wir ein Geheimnis. Was soll Karotte tun, wenn nicht staunen? Er ist mit den Vermutungen über ihr Vergnügen im Morgengrauen ebenso überfordert wie mit dem Versuch, nicht die geringsten Anzeichen seiner Eifersucht zeigen zu wollen. Wenigstens schafft er es, sie nicht nach Einzelheiten zu fragen. Allein darauf ist er schon stolz. Aber es kostet Nerven, wie er spürt. Manchmal ist er drauf und dran, auf die Pfandflaschen zu pfeifen und die Sache draußen im Depot (in welchem?, wo er ja um Gottes willen kein größeres Interesse zeigen will) mal selbst in Augenschein zu nehmen. Ihr aufzulauern wäre der passendere Ausdruck. Sein Plan, auf nichts und niemanden eifersüchtig zu sein, hängt am seidenen Faden – und das Gewicht darunter schwillt an. Er verflucht sie längst aus ganz anderen Gründen. Auch wenn sie hinter ihm hertrottet, ist sie ihm immer einen Schritt voraus.

Er könnte sich geschlagen geben, da sie genau jenes Material darstellt, jenes Ideal fast, das ihm vorschwebt, nur daß ihm gerade das nicht, natürlich nicht, in den Kram paßt. Er will nicht wahrhaben wollen, daß Puffi zu küssen keine Verpflichtung wäre, sie zu verführen nicht sein Untergang, sie zu lieben keine Kapitulation. Er fürchtet nicht nur die Stärke ihrer Unabhängigkeit, sie macht ihm auch sonst zu schaffen, denn viele halten sie für ein Paar – und natürlich widerspricht sie nicht.

Als ihm der Magen knurrt, weil er seit zehn Stunden Kohldampf schiebt, das Bagel nicht mitgerechnet, das er in einem Internet-Café verdrückt hat, zieht Puffi eine Broschüre aus der Tasche. Österreichische Bundesbahnen – er kennt das Faltblatt, einen Reisebegleiter, den Zugschaffner vor der Fahrt in die Abteile werfen. Und was ist damit?

Am Wochenende war ich in Tulln, meine Mutter besuchen. Und da hab' ich gleich mal einen ganzen Stoß davon eingesammelt. Sie liest die Anzeige eines Wiener Restaurants vor. Genießen Sie ein Schmankerl Ihrer Wahl von der Speisekarte auf der Rückseite dieses Folders – kostenlos. Bringen Sie dazu einfach guten Appetit und dieses Schmankerlticket mit.

Er wirft einen Blick auf die Speisekarte. Nicht schlecht – Balkanpfanne, Schlemmerschnitzel, Riesenpalatschinke. Bis er sitzt, wird er wissen, ob er mal wieder Lust haben soll auf Fleisch, seiner Mutter zuliebe, die immer sagt, Junge, das wird nichts, ganz auf Fleisch verzichten zu wollen.

Wenn du willst, gehn wir da jetzt hin.

Das ist Ira. Sie versteht Karotte. Er könnte sie haben. Glücklich müßte er sie nicht machen, nicht so, wie er annimmt. Was ist das schon, was alle wollen.

5

Daß der Friseur Künstler verehrt (Künsteler, wie Karotte sie abschätzig nennt), ist alles andere als Rachsucht seinem Triestiner Lehrherrn gegenüber. Es ergab sich, daß viele, auch die berühmtesten, soweit sie noch nennenswert Haare (oder zumindest Bärte) haben, sich bei ihm einfanden. Auch wenn ihre Kunstwerke, als Besitz oder Leihgaben, inzwischen die Wände zieren, hält er sich mit Urteilen darüber noch immer zurück. Wer versteht schon, was Künstler machen? Haben sie, und das nicht nur in den grimmigen Gemütszuständen, in denen sie sich gefallen, nicht oft genug selbst erklärt, daß es ein Verstehen nicht gebe? Nicht einmal wir selbst wissen ja, was wir tun, behaupten sie. Wüßten wir, was wir tun, wäre, was wir tun, keine Kunst. Nichts entsteht aus Verstehen, kein Pinselstrich. Wir sind, wir alle, behaupten sie der Reihe nach in für Künstlernaturen ungewohnter Übereinstimmung, bestenfalls Komplizen des Zufalls, einer größeren Hoffnung zuliebe immer unzufrieden, ruhelos, schlaflos – und am Ende mit unzureichenden Ergebnissen allein.

Seine Verehrung geht so weit, daß er nicht einmal die kleinen Haufen zu Boden gefallener Haare sich selbst überläßt, sondern säuberlich zusammenkehrt und in Klarsichttütchen sammelt, beschriftet nach Herkunft, Jahrgang, ja Datum. Möglich, daß sich daraus einst Erkenntnisse gewinnen lassen zur Geschichte der Kunst? Man wird sehen. Als seltsam empfindet er seine Sammlertätigkeit jedenfalls nicht, auch sein Personal nicht. Er fahndet nach Ursprüngen, den Quellgebieten menschlicher Phantasie. Daran will er festhalten. Am liebsten würde er Wasser gleicher Quellqualität zur Kopfwäsche benutzen. Er hat da Pläne, wenn auch weder Gesprächspartner noch Kapital. Es sei denn, er entschließt sich, die entsorgte Komponistenperücke zu veräußern, was allerdings ein nicht unbeträchtliches Loch in seine Sammlung risse, von den Folgen, den Verdächtigungen und der Empörung, den Schlagzeilen und Spekulationen abgesehen, die die Perücke auslösen würde, sollte sie im Auktionsangebot des Wiener Dorotheums oder bei Sotheby's oder Christie's auftauchen.

Aprilscherz oder Sensation? Wiener Schmäh oder Wahnsinn? Wie der Öffentlichkeit den Tatbestand erklären, wie den Fund auftischen, ohne im Irrenhaus zu landen? Die Welt will Beweise? Reicht die Wahrheit nicht? Was soll er noch sagen, was er nicht schon erzählt hat? Er kam in unregelmäßigen Abständen in das Friseurgeschäft, wünschte einen Haarschnitt (er ließ es darauf ankommen), redete in einem fort und war auch sonst hellwach. Einmal nannte er sich einen »Ingenieur im Ruhestand«. Ob er Humor hatte? Hhm, na ja, schwer zu sagen. Nein, ich glaube nicht. Sein Lachen war laut, aber komisch oder ansteckend war es nie, nein. Es klang irgendwie scheppernd, von der Freude im Stich gelassen, also eher unangenehm. Gemeinsam gelacht haben wir nicht viel, eigentlich überhaupt nie. Es war ihm, wenn er den Mund aufmachte, mit allem Ernst. Und da er den Mund, hatte er ihn einmal offen, nicht wieder schloß, war es nicht weit her mit dem Vergnügen mit ihm. Und ehrlich gesagt, keiner hätte ihn vermißt, wenn er nicht wiedergekommen wäre. Von wegen Stimmungskanone. Es sei denn, Sie können sich über den Esel amüsieren, der genau in der Mitte zwischen zwei Heuhaufen verhungert, weil er sich nicht entscheiden kann, welchen der beiden er ansteuern soll.

Sehen Sie, so wie Sie jetzt mich habe ich damals ihn angeschaut. An den Esel schlossen sich nämlich kühne Behauptungen an, über die Stabilität symmetrischer Situationen. Ich verstand kein Wort. Ich verstand auch nicht, was das mit dem Heuhaufen und dem Verhungern mit Musik zu tun haben sollte. Hatte es mit der Musik, die er vielleicht erst noch komponieren wollte, zu tun? Oder mit der, die er jetzt verwarf, sie jedenfalls, wenn ich das richtig gehört und verstanden habe, nicht sehr hoch einschätzte? Aber was weiß davon schon ein Friseur! Ich war nie in einem Konzert, es sei denn beim Aufspielen einer Dorfkapelle. Ich war nur ein einziges Mal in der Oper, und das in meiner Jugend in Venedig, und das auch nur einem Herrn zuliebe, der mich dann ... aber lassen wir das. Ich habe von den Opern meines Kunden immer nur reden gehört – oder pfeifen, wenn jemand, der gerade vorbeiging, gute Laune hatte, weil sein Nachbar endlich gestorben, sein Lottoschein ein Volltreffer, die Freundin doch nicht schwanger war. Gassenhauer waren das, die man kannte, ohne den Urheber der Melodie kennen zu müssen. Eine seiner Opern gesehen habe ich nie, auch damals in Venedig nicht. In Venedig wurde getanzt, ein Ballett. Gezierte Schwindeleien. Athletische Exzesse, die pure Schwärmerei, die mich aber über nichts, was mich damals plagte, hinwegtröstete. Begeistert war ich von dem Spektakel auf der Bühne nicht. Aber was verstand ich schon davon? Mir fehlte die Bildung. Ich hatte kein Geschick, mich in träumerischer Hingabe zu verausgaben, auch wenn ich es aus Höflichkeit hätte versuchen wollen. Mein spendabler Begleiter neben mir schwitzte, von Sinnen wie ein Märtyrer, den nicht Lanzen durchbohren, sondern die Schuhspitzen des Prinzen. Als er mich in der Pause anschaute, nur um festzustellen, wie langweilig mir war, verwünschte er mich; gleichzeitig aber hielt er meinen Arm fest, drückte ihn und sagte etwas Anerkennendes über die gesunden Energien der Einfältigen. Der Vorhang ging wieder auf, was ihn aber nicht veranlassen konnte, mich nicht weiter zu berühren. Ich glaube, ich schlief dann ein. Ich dachte an die Männer der Wüste, den Sinnentaumel, wenn sie tanzen, an ihre schweren, wilden, männlichen Bewegungen, die einer Eingebung gehorchen, mit der jeder von ihnen geboren ist. Nichts daran ist nachträglich verbessert oder verändert worden. Tanz ist Eigentum, Teil ihrer Selbstbehauptung, ihres Glaubens, ihrer Heilkunde. Es ist ihre Art, sich zu unterwerfen. In ihrem Stolz liegt nicht die geringste Anmaßung, gefallen zu wollen. Es schaut ein anderer zu, der die Gesetze vorgibt. Wer tanzt, antwortet der Nacht, dem Feuer, dem Funkenflug der Sterne. Davon träumte ich, wie sie breitbeinig mit ihren Füßen den Sand stampfen, in den sie Stunden später dann fallen.

Sie schweifen ab. Die Perücke!

Da hat Mozart recht. Auch wenn nichts zu hören ist, ist schon Klang da. Keiner der Männer, die im weiten Kreis saßen, spielte noch, der Tanzende tanzte trotzdem. Es war, wenn auch nur sichtbar, noch Musik in seinem Körper. Es war ja nicht still, auch wenn die Trommeln nicht spielten. Es klang ja überall, im Sand, über den der Wind strich, im Wind selbst, in der Dunkelheit der Entfernungen, die uns zurückgelassen hatten, ein paar Männer mit ihren Tieren, die der Himmel umschloß.

Wenn ich bitten darf …

Nichts davon in Venedig. Alles war auf die Spitze getrieben, alles drehte sich wie an Schnüren im Kreis, alles war

Kulisse. Die zivilisierten Zusammenhänge waren mir fremd. Manchmal hätte ich gern gelacht, wenigstens das, aber ich war schüchtern. Ich sah nur, wie man sich oben wie unten einig war, sich durch Übertreibungen, abgezirkelte Posen und zur Schau gestellte Kunststückchen verständigen zu können. Aber über was verständigen? Ich blieb mit hundert Fragen zurück, böse vor Verwirrung und von Bedeutungen belästigt, deren Sinn mir flüchtig erschien und privat für einen wie mich unbrauchbar. Außerdem, nicht eine Person auf der Bühne trug eine Perücke. Frisuren ja, aber keine Perücken. Ach ja, das auch noch. Der Mann, der mich mitgenommen und versprochen hatte, sich für mich, für meine Anstellung als Perückenmacher einzusetzen, betrank sich anschließend und beschimpfte mich überschwenglich, auch deshalb, weil ich mich weigerte, mich auch zu betrinken. Nicht einmal an Bord haben die Matrosen das versucht. Die waren glücklich, betrunken zu sein. Nicht so der Venezianer. Da, sehen Sie? Sehen Sie die Narbe da am Kinn?

Ihre Erinnerungen in allen Ehren, und wenn Sie wollen, können Sie die ja in ein Heft schreiben, irgendwann, wenn Sie nicht mehr wissen, womit Sie sonst Ihre Zeit totschlagen sollen. Aber kommen wir auf die Perücke zurück.

Zu Anfang hatte er – *einmal* noch – eine Perücke auf. Das, zugegeben, war komisch. Dafür war eine Mitarbeiterin zuständig, zu der er Vertrauen hatte. (Die nennt der Friseur mittlerweile selbst nur noch Anna.) Er habe das alte Stück aus dem Abfall gefischt, dabei natürlich an seine Sammlung gedacht, woran sonst, an die Haare von Arnulf Rainer, an die von Falco (gleich mehrere Tüten), an die Bart- und Brusthaare von Nitsch, Brus oder dem jungen Adam Wiener. Nicht zu vergessen, natürlich, die Thomas-Bernhard-Haare, ein paar nur, ein paar dünne, graue Nackenhaare aus der Zeit seines letzten Lebensjahres, der Zeit vor der Heldenplatz-Premiere, kurz vor dem Ende, als er das Fliegen längst nicht mehr vertrug, das unentwegte Herumreisen, vor allem die Flugreisen in den Süden, nach Spanien, nach Mallorca zuletzt. Schon nach seinem ersten Besuch in Madrid sei ihm die Kunst spanischer Friseure aufgefallen. Er sei sofort auf das heftigste von dieser Kunst beeindruckt gewesen, ganz im Gegensatz zu den Stümpereien deutscher, geschweige denn österreichischer Friseure, denen er sich verweigere und die er allesamt verabscheue, hasse und lächerlich finde. Er war, und nicht nur was sein Schuhwerk, seine Hemden, seine Überzieher und sein Verhältnis zum Weltruhm anging, durch und durch ein Snob. Ich ziehe, hat er dem Friseur in der Griechengasse gesagt, dem er notgedrungen gestattete, lediglich den Nacken auszuputzen, ich ziehe die Friseurkunst in Spanien jeder anderen Friseurkunst in Europa, wenn nicht in der ganzen Welt, vor, mit Ausnahme vielleicht noch der Kunst Ihrer italienischen Kollegen, die ich nicht kenne. Aber ich kenne Italiener und habe erlebt, wie der Haarschnitt dieser Menschen Eindruck macht. Es liegt am Material, am Haarmaterial, an der einzigartigen Beschaffenheit ihrer Haare, wie sie nördlich der Alpen kaum vorkomme, in Deutschland nicht, schon gar nicht in Österreich. Pferdehaare! Man kann Schiffstaue damit flechten, so reißfest sind sie. Und sie sind jedem das Wichtigste! Das muß ein Friseur respektieren. Wo eigentlich haben Sie Ihr Können gelernt? wollte er wissen.

In Triest.

Eine Antwort, die den schwerkranken, immer noch aber geistesscharfen Schriftsteller amüsierte. Triest war die Lieblingsstadt aller Selbstmörder. In keiner Stadt war Selbstmord so naheliegend, so vernünftig. Hätte ich Selbstmord begehen wollen, wäre ich an die Adria gereist. Überall ist der Selbstmord eine Qual, dort in Triest, das las ich immer wieder in den Zeitungen, nicht. Sie können von Glück sagen, daß Sie Triest entronnen sind, unbeschadet.

Ich war einundzwanzig, stellte der Friseur klar. Ich hatte Übergewicht.

Ich frage mich, in welche Stadt es die Selbstmörder heute zieht. New York, Tokio, Passau? Nach Wien jedenfalls nicht mehr. Es lebt sich in Wien wieder länger. Leichen sind sie, die Wiener, nur sterben tun sie nicht. Der Selbstmord ist hier nicht mehr in Mode. Da fehlt es an Inspiration. Es fehlt Wien an Inspiration zur Verzweiflung. Man tut nur so. Man macht es sich in der Verzweiflung mittlerweile bequem. Die Österreicher haben Triest krank gemacht und haben es dann zurückgelassen, noch kränker. Österreich hat seine Selbstmordrate exportiert, nach Triest. Danach ging der Export nach Ungarn, nach Budapest. Der Selbstmord war dann eine rein ungarische Angelegenheit. Es war nicht Rußland, es war Ungarn. Es war Wien, aber nie Rußland. Dort sterben die Menschen an allem anderen, nicht an Selbstmord. Sie trinken sich zu Tode und trinken danach einfach weiter, als sei nichts geschehen. Sie tun das seit Jahrhunderten. Bin ich fertig?

Nicht doch noch die Haare in den Ohren?

Nein. Und kein Haarwasser.

Der Schriftsteller beugte sich vor, um den Zustand des Kragens seines Rollpullis besser prüfen zu können. Saß er noch, wie es sein mußte – oder hatte die österreichische Prozedur alles verdorben? Nichts ist ärgerlicher als ein ausgefranster Kragen, wenn man sich für das Tragen eines Pullis mit Rollkragen entschieden hat.

Kein Haarwasser, nein. Und, bitte, betrachten Sie die Kleinigkeit als erledigt, eine Gratisprobe. War mir ein Vergnügen. Und viel Glück im Burgtheater.

Glück im Burgtheater? Auch dort verteilt man neuerdings nur noch Gratisproben, sagte der Schriftsteller. Es stehen Schauspieler auf der Bühne herum wie Gratisproben. Dafür ist das Glück sich zu schade. Es zeigt sich nicht mehr auf der Bühne, auch nicht auf der Bühne des Burgtheaters. Manchmal sucht noch ein Schauspieler, so scheint es, auf der Bühne danach. Aber er findet nichts. Immer steht ihm mindestens einer seiner Kollegen im Weg.

Der Schriftsteller mit den Thomas-Bernhard-Haaren steckt einen Fünfhundert-Schilling-Schein hinter den Spiegel. Das Glück ist vom Spielplan gestrichen. Das Glück ist gegangen. Das ist die Geschichte. Darum geht es. Danke.

Sein Tod, denkt der Friseur heute, kann nicht das letzte Wort gewesen sein. Das ist es nie, nicht in Wien, nicht bei einem Dichter.

Und dann kam die Komponistenperücke dazwischen. Hätte er sie dem Abfall, der Müllabfuhr, dem Reißwolf überlassen sollen? War es unvorsichtig, sie zu retten, zu glätten, sie hin und wieder aus dem Schrank zu holen, um sie herzeigen zu können? Hätte ihm nicht auffallen können, wie wenig man ihn inzwischen ernst nahm, sowenig wie die Perücke? Es lacht jeder über die kleine Klarsichttüte mit dem noch kleineren Häufchen Thomas-Bernhard-Haare. Keine nennenswerte Ausbeute, gewiß, aber immerhin Nackenhaare. Mehr Flaum als Haar, zugegeben, für einen Sammler dennoch imponierend. Was gibt es da zu lachen?

Was gibt es da zu sammeln – fragen sich allmählich selbst

seine Freunde. Nitsch, der Blutkünstler (»Blutkünsteler«), verliert an jedem Wirtshaustisch jeden Abend Barthaare. Dagegen kein Mucks, keine Bemerkung, keine Witze, schon gar kein Gelächter mehr bei der Perücke! Weder Interesse noch Staunen, noch Entsetzen. Am ehesten noch Entsetzen.

Das befällt auch die Frau des Friseurs, zumal sie sieht, was abends nach dem Kassensturz bleibt. Nicht viel, nichts, so gut wie nichts. Sie beschließt die Anschaffung neuer Besen, was den Friseur um die Reserven an Sand auf dem Boden fürchten läßt.

6

Karotte merkt es zuerst. Das *Fliegende Osterei* hat Sprünge abgekriegt. Es trudelt. Es verliert an Höhe. Es fault. An Bord kommt es zu Meutereien. Unklar ist, worum es dabei geht, und wann genau der Flug außer Kontrolle geriet. Hat es Anzeichen gegeben? Etwa die blasphemischen Entladungen des chronisch empörten Künstlers Tinti Berger, die der Frau des Friseurs, sobald er auch nur in der Tür erschien, vor Hilflosigkeit Tränen in die Augen getrieben haben?

Karotte erinnert sich an einen Streit zwischen Berger und einem Kunden, einem älteren Herrn, der nur noch abwarten wollte, bis man ihn von dem absonderlich dichten Gestrüpp der Haare in seinen Nasenlöchern befreit hatte. Er, der nach Pfeifentabak roch, hatte schon beim Eintreten den Eindruck gemacht, einer großen Vergangenheit zu huldigen. Erst einmal ließ er seinen Blick schweifen, im Stil eines (wie auf einem Ölbild porträtierten) Offiziers auf einem Kriegsschiff unter Konteradmiral Tegetthoff, was er in erhabener Ruhe und gleichzeitig mit militärischer Präzision ausführte. Da ein feindliches Geschwader, wie er noch glaubte, nirgendwo auszumachen war, hängte er den Hut an den Ständer und ließ sich von Pina, die ja längst Anna heißt, den Mantel abnehmen. Er reichte dem Friseur seine Visitenkarte. Auch diese Geste war ausgefallen, eigentlich hätte die Hand, die ihm eine Visitenkarte hinhielt, rote Handschuhe tragen müssen. Statt dessen starrte der Friseur auf durch Gichtknoten entstellte Finger und führte das Kärtchen vor seine Augen. Dr. mont., stand da, was immer das heißen mochte, Dr. mont. Szabolc Pruth, und darunter Staatlich Befugter Und Beeideter Zivilingenieur Für Erdölwesen. In Klammern i. R., im Ruhestand. Adresse und Telefonnummer waren mit einem schwarzen Filzstift unleserlich gemacht.

Berger gilt als ältester Freund des Friseurs, ein Haudegen der ersten Stunde, die nach dem Krieg für die Avantgarde unter den österreichischen Künstlern geschlagen hat, ein von Kennern für bedeutend gehaltener, kommerziell (absichtsvoll) gescheiterter Artist, dessen Ruhm es bleiben wird, selbst bei den Jüngsten der jüngeren Generation Einfluß zu haben. Überall sonst auf der Welt wäre einer wie er ein Star. Im eigenen Land liest sich sein Steckbrief, kurz gefaßt, weniger schmeichelhaft: ein wegen übler Nachrede, Ruhestörung und Beleidigung mehrfach auffällig gewordener und auch schon gerichtlich getadelter, weiterhin aber ungebrochen kompromißloser Einzelgänger. Fügen wir der kleinen Aufzählung noch an, daß er ein militanter Vegetarier ist, abstinent, was Lebensfreude, Frauen, Tabak und persönlichen Besitz betrifft, mit dem in Streit zu geraten das geringste Problem darstellt, das man mit ihm haben kann.

Er war, wie immer, in keiner guten Laune aufgetaucht. Hatte er gute Laune, blieb er im Atelier und arbeitete. Ein Bild von ihm, »Die Riesenfaust«, hing in hoffnungsfroheren Tagen neben dem Kleiderständer.

Es war um die Malerei gegangen, soweit sie christliche Themen betraf, in diesem Fall um die Kreuzigung Christi, ein dem Herrn aufgezwungenes Thema, denn im Gespräch mit dem Friseur hatte Dr. Pruth lediglich über das schlechte Wetter der zurückliegenden Ostertage geklagt und berichtet, wie er in Rom in einer Pfütze auf dem Petersplatz ausgeharrt, sich dann aber vor dem Regen in ein Museum verdrückt habe.

Was genau Berger zu seiner Attacke herausgefordert haben mochte, ist schon deshalb von wenig Bedeutung, als es eine Kleinigkeit hätte sein können, ein Gespräch über Brausetabletten als Nahrungsergänzung, die Erwähnung eines Künstlers wie Andy Warhol oder auch nur das Husten bei einem, der ihn gerade um Feuer für seine Zigarette bittet.

Rom? Reinstes Hollywood, besonders an Ostern. Eine Stadt voller Pilgergestank, Nonnenschweiß und ungesunder Erotik. Der Papst ein Secondhand-Heiliger, die Touristen eine Zumutung, das Museum kein Regenschirm, die Kreuzigung Christi theologisch kein schlechter Einfall, künstlerisch aber interessanter. Keines dieser Golgatha-Kunstwerke sei in der Andacht entstanden, auch nicht zum Lobpreis Gottes, das glaube man heute nicht einmal mehr in den Klöstern, fauchte der Künstler.

Die Frau des Friseurs überlegte, wie sie Berger beruhigen, ablenken, in den angrenzenden zweiten Raum, am liebsten gleich noch ein paar Schritte weiter bis in die Toilette verfrachten könnte, wo sie ihn dann einfach einschließen würde; und mehr als ein Heft mit Kreuzworträtseln würde er die nächste halbe Stunde nicht zu Gesicht bekommen.

Christus gekreuzigt! Die Theologie hatte immer einiges in der Hinterhand, wenn sie dem Glauben zu Hilfe eilte. Den besten unter ihren Vertretern zahlte die Kirche Unsummen, um ihre Geisteskräfte an die kurze orthodoxe Leine zu nehmen. Sie standen in Sold, korrupt, verfettet, verschlagen.

Quatsch, reagierte Dr. Pruth gereizt. Um Gottes willen, was für ein Durcheinander Sie da anrichten.

Wessen Geist wirklich glühte, frei und verwegen glühte, landete in der Provinz, und wenn er dort noch immer glühte, holten ihn die Bischöfe oder der Papst selbst gleich zurück und zündeten unter ihm den Scheiterhaufen an. Wie man heute weiß, waren windstille Tage wünschenswert, damit es nicht allzu rasch mit dem Delinquenten im Feuer vorbei war.

Kunstgeschichte ist eben auch Weltgeschichte. Aber als Mäzene der Künste wird ihr Ruhm unbestreitbar überdauern.

Ein bluttriefender Ruhm. Berger baute sich in seiner Alpakajacke vor ihm auf; ein Kinderspiel gegenüber einem, der sitzt.

Niemand singt so rein als die, welche in der tiefsten Hölle sind, machte Dr. Pruth den Versuch einer Zurechtweisung, mit der er dann das Gespräch endlich beenden wollte. Sie müssen sich, verzeihen Sie, schon gefallen lassen, daß ich mich gern in Rom aufhalte, und dort am liebsten in Kirchen und Museen. Mir geht es da wohl wie den meisten Menschen. Aber vielleicht ist es ja gerade das, was Sie stört.

Vor Menschenfressern könnte man nicht mehr Angst kriegen als vor Gottesmenschen. Unterhalten wir uns über künstlerische Dinge.

Ich denke nicht daran, mich zu unterhalten, protestierte Dr. Pruth, mit Ihnen schon gar nicht, aber amüsant finde ich es trotzdem, wie leichtsinnig Sie ein Universum verschenken, das zu preisen die Kirche und die Künstler jedes Recht haben.

Da hängt der Gekreuzigte, und daneben hängen noch zwei am Kreuz. Macht nach Adam Riese drei Kreuze. Nun gut, ein paar Statisten stehen rum und immer ist viel, viel Himmel zu sehen, aber das hat die Werkstatt runtergepinselt, nicht der Meister selbst. Was den interessiert hat, war einfach: Wie bringe ich drei Kreuze in einem Quadrat oder Rechteck unter! Frühes Beispiel serieller Kunst! Drei Kreuze in einem Rechteck oder einem Quadrat und die Frage, wie geht das, wie schafft man das, wohin mit drei Kreuzen in einem Rechteck oder Quadrat. Darum ging es den Tizians und Tintorettos; dem Rest der Welt genügte die Devotionalie. Um Kunst ging es nur den Künstlern, nicht den Gläubigen. Sie erzwangen keinen Glauben, sie glaubten an das Bild, das sie malten.

Wen beschimpfen Sie eigentlich? Ich kenne einen Herrn, der in jedem Wald nur eine Anzahl Bäume sah und in jedem Baum nur eine Anzahl Bleistifte. Sein Freund, mit dem er spazierenging, widersprach: er sah weder Bäume noch Bleistifte, sondern Bücherregale. Und der Hund, der ihnen vorauslief, nahm sie als Bojen seines Herrschaftsbereichs in Anspruch und hob das Bein. Und wenn Sie, guter Mann, nicht einen Gang zurückschalten, wird man Sie in der gleichen Landschaft eines Tages am Ufer eines Sees sitzen und die Tropfen auf der Wasseroberfläche zählen sehen, während sich unsereins, nun ja, mit den Enten begnügt. Dr. Pruth machte im Geiste drei Kreuze über dem Unglücklichen. Mag sein, daß Sie damit Ihre Studenten zum Nachdenken anregen, mit der Sache selbst hat das aber nichts zu tun. Sie tun mir leid! Als Experte, als der Sie sich aufführen, haben Sie allerdings das Elend nun mal zu schlucken, das Elend aller Experten, die nicht mehr mit ihrem Herzen sehen und deshalb mehr mit dem Gelingen einer abstrakten Gleichung beschäftigt sind als mit dem Geheimnis der Offenbarung.

Sicherheitshalber hatte sich der Kunde in seinen Äußerungen nur noch an den Friseur gewandt, von dem er annahm, er teile seine Ansichten.

Zur Erbauung Geniales, zum Privatvergnügen Geiles. Als Angreifer nahm sich Berger weiter das Recht, die Grenzen der Höflichkeit zu ignorieren. Ich verstehe das vollkommen. Das Heidnische hat Eier, lächerlich, das zu leugnen.

Er war den Fön holen gegangen, daran erinnert sich Karotte auch noch.

Typisch Tinti, so ist er, schüttelte der Friseur den Kopf, als gäbe er damit das Zeichen zum Schlußapplaus, die reinste Ein-Mann-Terror-Truppe. Seine knappe Einmischung war zu gleichen Teilen als Kompliment (für Tinti), als Entschuldigung (seinem Kunden gegenüber) und als Ausdruck seiner Ratlosigkeit (Blickkontakt mit seiner Frau) gedacht, blieb aber insgesamt wirkungslos, denn Berger dozierte weiter. Er hätte sich auch nicht bremsen lassen, wäre der Mann über Ostern nach Prag oder Reykjavík gereist. Eine Bremse war bei seiner Geburt nicht mitgeliefert worden, und so krachte es eben im Menschenverkehr bei ihm.

Es war deutlich, daß er Dr. Pruth nicht verstehen, sondern ärgern, ihn verletzen wollte, am besten mit ein paar schmerzhaften Blessuren an seinem Weltbild. Er wollte ihn aushebeln und mit ihm die Klasse, der er angehörte. Seine Beleidigungen zielten auf das Feindbild, nicht nach Rom oder Florenz und die Kunstschätze in ihren Museums- und Kirchenmauern. Er forderte ihn nicht zu einem Disput auf, sondern zur Aufgabe. Außerdem wollte er ihm offenbar einimpfen, und das in unverschämter Dosierung, daß es noch Gegner gab, die auf Kammertöne pfeifen.

Dr. Pruth war die Sache längst lästig. Sollte er aufstehen und, wenn auch mit zwei grundverschieden behaarten Nasenlöchern, sich empfehlen? Er entschied sich für sein Talent, sich zum Atemholen in sein inneres Revier, wie er das nannte, zurückziehen zu können, seine schalldichte Innenstation, die ohne Mühe einen anderen Blickwinkel erlaubte. Dabei fiel ihm auf, daß dieser Eiferer womöglich der gleichen Generation wie er selbst angehörte. Viel jünger als ich kann er nicht sein. Das beschäftigte ihn einige Minuten. Tinti? War das am Ende eine Abkürzung für Tintoretto? Ein Spitzname? Ein Witzname? Zuzutrauen wäre ihm das, und noch viel mehr. So hatten seine drastischen Ausfälle, wie er fand, Ähnlichkeit mit einer Geißelung, die er wohl auch sich selbst nicht ersparte, und wahrscheinlich war seine Kunst eine weitere, noch schärfer genagelte Peitsche, die er zu schwingen ein Leben lang gezwungen sein würde. Er gab den Versuch, den Mann zu verstehen, aber auf und widmete sich der Vorbereitung, gleich aus Leibeskräften niesen zu müssen.

Am liebsten haben die Jungs damals doch ganz einfach Pornographie gemalt, der regen Nachfrage wegen gleich in Serienproduktion. Die Werkstattbetriebe waren ja darauf eingestellt.

Karotte, ganz Cowboy, zückte schon mal den Fön.

Für jeden Kardinal, jeden Bischof und den einen oder anderen venezianischen Grafen eine Leinwand mit nacktem Fleisch extra, Weiberfleisch wohlgemerkt, an den Kontrolleuren vorbei, verantwortlich für die Einhaltung des Bilderdekrets. In allen Fällen landeten die in ihrem Anspielungsreichtum gelungensten, die skandalösesten Stücke in Privatgemächern. Sardanapal und die Seinen, die Lustvollen, Lüsternen, Verderbten. Sie kennen den Padovanino. Mars und Venus beim Schachspiel. Venus im Ornat ihrer vollfetten Nacktheit mit einem fingerlutschenden Amor als Feigenblatt zwischen den Beinen. Er ganz Kriegsgott in Rüstung zwar, aber, wie jedem einleuchtet, chancenlos. Wer kann gegen gleich zwei Damen auf einmal gewinnen? Ich will nicht wissen, wie oft sich einer einen runtergeholt hat bei der Betrachtung dieser hoch und heilig konfiszierten Ware. Es war doch der Index immer die bessere Hitliste.

Klick, Höchststufe, Alarm – Versuch Karottes, das Duell

zumindest akustisch zu begrenzen, nach außen hin abzuschirmen, es waren Damen anwesend.

Auch sie natürlich biblisch getarnt, also irgendwas aus dem Fundus des Alten Testaments. Es gibt ja reichlich gute und dramatische Stories her. Zum Beispiel die des alten heiligen Simon, Simon von Athen, den Sie ja sicher kennen.

Ich bitte Sie, bat der Kunde.

Als Selbsthelfer verhielt sich der Friseur neutral, war aber von seinem Freund alles andere als enttäuscht. Ein Mann von fast siebzig und noch immer ein Krieger, Kompliment! Wenn er die Welt beim Hinaustreten aus der Isolation seines Ateliers so unverändert antrifft, wie er sie verlassen hat, beschimpft er sie eben.

Sie wissen, was der heilige bärtige Simon auf den zahllosen Kopien, die es von diesem Motiv gibt, macht? Natürlich wissen Sie es! Sie kennen Ihre Bibel auswendiger als ich. Er lutscht, eine schöne Sauerei, an den Titten einer jungen Frau, die ihm diese auch noch bereitwillig hinhält.

Nach dem Niesen war dem Kunden wohler. Er bat um Mantel und Hut. Er lutscht nicht, wie Sie sich auszudrücken belieben, an der Brust einer nackten Frau. Und wenn Sie die Geschichte kennen, wissen Sie auch, daß hier keine Sauerei, wie Sie behaupten, zur Schau gestellt wird, sondern das, was wir Christen die *humanitas* nennen, also die Nächstenliebe.

Humanitas, Nächstenliebe? So kann man den Kompromiß zwischen Kunst und Schlafzimmer auch nennen!

Es gibt dieses Bild, weil es Gnade offenbart. Simons Tochter wagt sich unter Lebensgefahr zu ihrem Vater ins Verlies und rettet ihn, indem sie ihn mit ihrer Brust nährt, vor dem Verhungern. Das, mein Herr, ist dargestellt, weiter nichts, die Apotheose der Keuschheit. Bitte, was bin ich schuldig?

Schon gut, wehrte der Friseur ab, das nächste Mal.

Ich fürchte, sagte der Herr, ich fürchte, daß ich bei einem anderen Ihrer Kollegen besser aufgehoben sein werde. Hier. Er legte einen viel zu hohen Betrag auf den Tisch. Kaufen Sie Ihrem Freund vom Rest einen Beißkorb.

Karotte klickte den Fön aus.

Der Friseur gönnte sich eine Zigarettenpause. Die Idee mit den Kreuzen auf leerer Fläche gefiel ihm.

Die moderne Kunst ist keine Erfindung der Moderne, laß dir das nicht einreden, redete Berger weiter, aber der Tonfall klang plötzlich verwandelt. Auch sein Blick, gerade noch entstellt durch die Anstrengung kompakter Gereiztheit, war sanft geworden. Auf Totenmasken findet sich dieser Ausdruck, als ob einem der Tote mitteilen wolle, dem Zustand, sich wohl zu fühlen, nie näher gekommen zu sein als jetzt.

Die ältesten Kunstwerke sind die modernsten. Du kannst sie mit dem Auge nachrechnen, alles stimmt, die Proportion, die Symmetrie, die Linie. Es genügt ein Strich, vorausgesetzt, es ist der richtige an der richtigen Stelle, gemalt mit nicht mehr als der dafür erforderlichen Kraft. Tusche, Öl, Bleistift, egal. Wer Farbe benutzt, muß aufpassen, daß es nicht farbig wird. Und er muß wissen, was der Unterschied ist zwischen einem Strich und einer Linie. Soll das Arschloch seine Enten füttern, ich zähle die Punkte einer Line, untersuche ihre Dichte, die Geschwindigkeit, den Nachdruck ihres Volumens – und entscheide dann. Er deutete auf den Sand auf dem Fußboden. Im Punkt beginnt die Fläche – wie in einem Sandkorn die Wüste beginnt.

Wenn er Tinti nicht kennen würde, Karotte würde ihn glatt auch für einen Physiker halten.

Ob Christus am Kreuz hängt oder am Baum eine Birne

oder an der Rah eines Schiffes aufgeknüpft ein Meuterer, Künstler haben sich dorthin zu bemühen, wo es nichts mehr zu entscheiden gibt. Entweder Treffer – oder ab mit der Kunst auf den Müll. Er hatte sein Steckschach aufgeklappt, stellte die Figuren auf und begann (Russische Eröffnung) ein Spiel gegen sich selbst. Es wird zuviel gemalt, und auf den Bildern ist zuviel drauf.

Karotte verwirft die Vermutung, Tinti Berger als Luftpirat verantwortlich machen zu können für das Trudeln des Ostereis.

Gab es andere Anzeichen? Plötzlich der Lärm von der Straße etwa? Was war da los? Was, eine Razzia? Ach, nur eine Razzia, weiter nichts? Zwei Streifenwagen mit Blaulicht und ein Einsatzfahrzeug der Feuerwehr waren direkt unter dem Salon in Stellung gegangen, die Polizisten mit gezückter Waffe, die Feuerwehrleute beschäftigt mit dem Entrollen eines Sprungtuchs, was die Aufmerksamkeit aller automatisch nach oben lenkte. Dort hing ein Afrikaner – der Friseur hatte oft welche im Haus kommen und gehen sehen, aber nur immer freundlich einen angenehmen Tag gewünscht –, dessen Gürtel sich beim Sprung aus dem Dachfenster in der Regenrinne verfangen hatte. Drei weitere Afrikaner und ein Bleichgesicht, das sich in dialektschweren Schimpfkanonaden die Ruhestörung verbat und auch was dagegen hatte, in Handschellen gelegt zu werden, wurden in einem Mannschaftswagen abtransportiert. Nur da oben, da baumelte der letzte der Dealer. Und der Friseur dachte unwillkürlich: Flieg, flieg weg, flieg doch, du Dummkopf.

7

Es muß sich die Sache bereits über die Landesgrenzen hinaus herumgesprochen haben, denn es erschien eine sachverständige Dame auf der Bildfläche, von Beruf, wie sie angab, Textilrestauratorin, und zwar an einem Herzog Anton Ulrich-Museum in der deutschen Stadt Braunschweig, eine freundliche Person, die darum bat, das Corpus delicti, die historische Perücke, begutachten zu dürfen, lediglich interessehalber, wie sie versicherte, denn ein solches Juwel finde sich höchst selten auf freier Wildbahn.

Der Friseur hatte nichts dagegen, reichte ihr die Plastiktüte, fand aber, daß sie ihre Haare unvorteilhaft trug, auf falsche Weise altmodisch, und sagte ihr das auch.

Ach ja, war alles, was sie aufseufzend antwortete. Ich und meine Haare, Freunde sind wir nie gewesen. Ich habe es gern mit glatzköpfigen Friseuren und kranken Ärzten zu tun, das verschafft mir Sicherheit, hätte sie Oscar Wilde zitieren können*.

Sie rollte die Perücke aus der Plastiktüte und betrachtete sie. Und dabei redete sie, als wolle sie den Gedanken loswerden, sich mit ihrem Besuch einer Gefahr ausgesetzt zu haben. Sie war informiert, daß dieser Mensch behauptete, es handle sich um das Original einer Perücke, die Mozart getragen haben soll. Eine solche Behauptung hatte schon lange niemand mehr gewagt, seit gut zwei Jahrhunderten nicht mehr. Das

* Hier verwechselt der Autor Oscar Wilde mit Woody Allen.

Zusammentreffen mit ihm konnte also leicht zu Komplikationen führen – und sie hatte sich während des Flugs nach Wien Gedanken gemacht, wie sie in einem solchen Fall reagieren könnte. Eingefallen war ihr nur, höflich zu sein und, was immer geschehen würde, auch zu bleiben. Mit Erleichterung stellte sie fest, daß erst einmal nichts darauf hindeutete, immer auch ein Auge auf ihn und seine Umgebung haben zu müssen.

Schon nach einem allerersten Blick auf die Perücke machte sie die für sie verblüffende Entdeckung, daß allem Anschein nach mit ihr alles seine Richtigkeit hatte.

Sie untersuchte den Gegenstand eingehender, wendete ihn hin und her auf der Suche nach offensichtlichen Fehlern, aber alles, was sie entdeckte, waren exakt jene technischen Merkmale, die für Perücken der Mozartzeit charakteristisch waren. Die Haare waren zu Tressen verwebt, die Tressen in Reihen auf die Montur geheftet – geheftet, und nicht, wie dann im 19. Jahrhundert üblich, geknüpft. Das Monturband war, wie sie sah, aus Seide. Richtig, das war damals so. Für die Kopfbedeckung kamen damals rundgeknüpftes Filetnetz in Frage oder maschinell gefertigte Strickware, in keinem Fall aber schon Tüll. Das hier war Strickware, eindeutig, allerdings mit einem feinen, inzwischen natürlich löchrigem, abgenutztem Seidenfutter zwischen dem Netz und den Tressen.

Ausgezeichnet, ganz ausgezeichnet, stellte sie fest. Sehen Sie hier?

Der Friseur, höflich, wie er war, stimmte dem, was sie noch gar nicht gesagt hatte, zu.

Sehen Sie? Im Nacken befindet sich sogar noch die Schnalle, was die Vorrichtung zum Nachspannen war, um den guten

Sitz der Perücke sicherzustellen. Das hat man später dann mit Gummiband oder Metallspiralfedern gemacht. Für einen Moment spürte sie das Risiko, sich anstecken zu lassen von der wirren Behauptung, es habe Mozart tatsächlich dieses Stück hinterlassen.

Sie holte Luft. Erstaunlich. Also, ich würde sagen, gratuliere. Ein Leckerbissen. Und wo haben Sie die her, sagen Sie?

Der Friseur antwortete nicht. Da er sich ja von niemandem von der Echtheit der Perücke überzeugen lassen mußte, war er beim Zuhören noch einmal in Gedanken heimgekehrt nach Italien, wo er mit dem Wunsch gelebt hatte, sich zum Perückenmacher ausbilden zu lassen.

Die Dame des Museums reichte ihm die Perücke. Schönes Stück, auch wenn es unwahrscheinlich ist, daß ausgerechnet Mozart sie getragen haben sollte.

Ich weiß, bedankte sich der Friseur, rollte die Perücke zusammen und verstaute sie in der Plastiktüte, Behauptungen wie diese machen auf Außenstehende immer einen schlechten Eindruck. Das will ich nicht. Mir liegt nichts daran. Lassen wir es gut sein. Schließlich ist Mozart ja nicht der einzige meiner Kunden, dem Unverständliches widerfährt.

Fassungslos sah die Dame zu, wie sorglos der Friseur mit dieser Kostbarkeit umging. Er öffnete eine Schranktür und warf die Tüte hinein. Sollte sie ihm raten, sich einen Tresor anzuschaffen? Oder gleich einen Psychiater?

Wenn Sie schon, wie ich vermute, unbedingt altmodische Frisuren bevorzugen, wandte sich der Friseur wieder seinem Besuch zu, rate ich Ihnen zu Zelda. Ich denke, das wäre für Sie das Vorteilhafteste.

Zelda? Das kam ihr bekannt vor. Zelda Fitzgerald? Ihr Ex hatte, nachdem er ausgezogen war, nicht nur eine Speisekammer mit Kisten voller ausgetrunkener Flaschen zurückgelassen, sondern auch stapelweise Romane, darunter ein paar ihres Mannes. Eines davon hatte sie wegen des Titels rausgefischt; damals war ihr nächtelang elend, und Zärtlichkeit war, was sie am meisten vermißte, vor allem nachts. Sie hatte zu lesen begonnen, das Buch dann aber weggelegt.

Der Friseur, der Bücher lieber anschaute als las, kannte Zelda als Adaption einer Frisur der zwanziger Jahre; daß Frisuren auch Nachnamen haben, das war ihm neu.

Sie war unschlüssig und schaute auf die Uhr. Ihr Rückflug ging in knapp drei Stunden. Vielleicht erfuhr sie erst dann Entscheidendes, wenn sie aufhörte, es eilig zu haben. Warum das Angebot nicht akzeptieren? Wann hatte sie denn sonst genug Zeit, sich mit ihren Haaren zu beschäftigen? Haare, die ihr eigentlich gleichgültig waren. Sie waren dünn, alles andere als zahlreich, eher eine Notlösung, die nur zu beheben gewesen wäre durch den Entschluß, sie völlig abzuschneiden. Es streifte sie der Gedanke, ob ein Zusammenhang bestehen könnte zwischen ihrer Beschäftigung mit Perücken und der manchmal schieren Verzweiflung über den Zustand ihrer Haare, und wenn, welcher? So einem Vertreter der Frisierkunst war sie noch nie begegnet und einen solchen Friseursalon hätte sie nüchtern auch nie betreten. Aber die Ausschüttung von Adrenalin wirkte nach. Sie war auf seltsame Weise geistesabwesend, gleichwohl aber, fühlte sie, in gehobener Stimmung. Und dann, mein Gott, auch noch die Aussicht, an ihren Arbeitsplatz im Museum zurückzukehren mit einer Kreation auf dem Kopf, die man ihr unter den Kollegen vielleicht gar nicht zugetraut hätte. Also gut, entschied sie, aber geht denn das überhaupt mit meinen Haaren?

Sie werden sehen, wie das geht. Der Friseur übergab sie

erst einmal der Obhut Annas, die ihr die Haare waschen sollte.

Karotte, der inzwischen aufgetaucht war, wurde gebeten, der Dame einen Kaffee zu bringen.

Eine Melange?

Mein Gott, erschrak sie, was dieser beneidenswerte junge Mann für Haare hat. War es nicht ungerecht, sich ein Leben lang mit diesem Nichts auf ihrem Kopf abplagen zu müssen? Danke, gern, sehr freundlich.

Sie konzentrierte sich wieder auf die Perücke. Irgend etwas war nicht in Ordnung. Irgend etwas war damit, was sie vielleicht nicht genau genug untersucht hatte. In Gedanken ging sie noch einmal die Einzelheiten durch ... (sie saß längst in der Obhut des Friseurs) ... jede einzelne Einzelheit. Alles eindeutig 18. Jahrhundert, bis auf ... richtig, bis auf die Schnalle. Irgend etwas war mit der Schnalle nicht ganz in Ordnung. War es das?

Sie bat darum, die Perücke doch noch einmal anschauen zu dürfen.

Der Friseur, geschmeichelt wie er war durch ihr Interesse, tat ihr den Gefallen natürlich.

So hielt sie also die Perücke noch einmal in den Händen, dieses Mal aber schaute sie ganz genau, noch genauer hin – und entdeckte an der Schnalle tatsächlich eine Ausbesserung, die ganz danach aussah, als sei sie neueren Datums. Wenn sie irgendwann im Laufe der zweiten Hälfte des 20. Jahrhunderts von Mozarts Kopf genommen worden war, wäre das eine mögliche Erklärung. Aber wie erklären, daß der Komponist im fraglichen Zeitraum überhaupt hier aufgetaucht sein konnte? Wenn sie mit dieser Theorie, ob mit oder ohne Zelda auf dem Kopf, ihren Arbeitsplatz betrat, war sie einen Tag später ihre Anstellung los. Vor 1791 war die Reparatur der Schnalle eindeutig so nicht durchführbar. Offenbar war es ein abgebrochenes Häkchen am Verschluß, das nachträglich erneuert worden sein mußte, eine rostfreie Legierung, wenn sie nicht irrt, vermutlich V4A. Man müßte die Schnalle natürlich wissenschaftlich genau untersuchen, und das könnte heißen, daß sie nun in Wien ihre Haare wird schneiden lassen müssen, denn ihn schon jetzt zu bitten, ihr zumindest die Schnalle zu überlassen, wagte sie nicht, jedenfalls so lange nicht, wie er ihr behilflich war, sich mit einem Bubikopf endlich einmal wieder lebendig, wieder jung und verrückt und auch ein bißchen vielleicht gefährlich zu fühlen.

Weitere Anzeichen gefällig? Bitte.

8

Pichler? Joe Pichler? Sagt Ihnen nichts? Dann sind Sie kein Österreicher, denn in Österreich kannte den kleinen bulligen Mann jeder, auch wenn er ihm zu seinen Lebzeiten nie leibhaftig begegnet sein sollte. Er gehörte zur Republik wie die Fahne, die Hymne, wie die Olympiasieger des Skisports, die Weltmeister der Formel 1 oder, abgeschlagen, die jeweils höchsten Repräsentanten des Staates. Auf seine Weise war Pichler einer der letzten Monarchen, zumindest der ungekrönte König der Wiener Gesellschaft, das konkurrenzlose Enfant terrible der Klatschspalten, der hochverdächtige Karrierist, eine Ungewöhnlichkeit, wie der Wiener sagt. Legendär sein Aufstieg wie sein Fall, unvergeßlich die Mischpoke, die in der Stadt, zumindest innerhalb ihrer Begrenzung durch die Ringstraße, den Ton angab. Tagesgespräch seine Hochzeiten wie seine Scheidungen, die er der Reihe nach als Feste feierte, Arm in Arm mit Schauspielerinnen, seinen Zuckergoscherln, wie er sie nannte, Politikern, Bankiers, mit Rechtsanwälten und auch mal dem einen oder anderen Waffenschieber. Pichler hieß nicht einfach Josef, auch nicht Johann Pichler, als der er getauft worden war, sondern Joe – nach mitunter mehrtägigen Zechtouren durch die nobelsten Etablissements allenfalls Joey –, womit von seiner Gefährlichkeit nur soviel angedeutet war, wie ihm nützlich erschien. Ein Chorgesang vieler Gerüchte, vom Witz bis zu besorgniserregenden Vermutungen, schwebte über seinem Haupt, dem mehr und mehr die Haare ausgingen.

Nur das konnte, wie der Friseur annehmen mußte, der Grund seines Erscheinens sein, damals, als es eng wurde für ihn.

Er wirkte erschöpft, was seine anschwellende Energie aber sofort korrigierte. Dabei hatte er sich, nachdem er eingetreten war, vorerst nur umgeschaut.

Wie still es geworden war. Alle hier hatten ihn natürlich sofort erkannt. Und der Friseur wäre nicht überrascht gewesen, hätten die Lehrmädchen Pichler um ein Autogramm gebeten. Viel Zeit, ahnten alle, hätten sie dazu nicht mehr. Was die Frau des Friseurs schon deshalb schade fände, weil er für sie etwas repräsentierte, was sie mit Torten und einer Tasse Kaffee in Verbindung brachte, mit Champagnertrüffel, mit Marzipan und Katzenzungen. War nicht das der Grund für seine beängstigende Erfolgsrate bei Frauen, daß er Süßes herstellte und verkaufte? Ihr jedenfalls lief, als sich für einen kurzen Moment ihre Blicke trafen, einfach nur das Wasser im Munde zusammen.

Pichler, ein Mann im Kultstatus des Einzelgängers, stand kurz vor seiner Verhaftung. Um so mehr wirkte er wie ein Gespenst, auch wenn er selbst übermütig sorglos aussah, in Eile zwar, aber ganz unbeeindruckt von den Gefahren, die ihn zwei Jahre später, trotz der Vielzahl seiner Pässe, die ihm zur Verfügung standen, in Untersuchungshaft beförderten und danach, nach vielen Prozessen, lebenslänglich hinter Gittern. Dort ist er verstorben.

Er wandte sich an den Nächstbesten, der vorbeilief. Kann man mit dem Chef sprechen?

Nick hatte nichts dagegen.

Unter vier Augen? Das klang schon ungemütlicher.

Der Friseur begrüßte Pichler. Unter vier Augen? Aber gerne.

Es leuchtete ein, daß ein Gespräch unter der Voraussetzung von Geheimhaltung nicht im Salon selbst stattfinden konnte. Wie hätte er zwanzig Personen, in etwa so viele hielten sich gerade wieder hier auf, wegsperren sollen, und das ohne das Druckmittel einer Pistole? Pichler, so erzählte man sich, trug immer eine bei sich. Übernahm er die Gefälligkeit?

Draußen steht mein Wagen, da sind wir ungestört. Es dauert nicht lange. Und wenn du ein Zentimetermaß mitnimmst, wär' das gut. Gehn wir?

Sich von einer gerade begonnenen Arbeit kurzfristig zu verabschieden, das gehörte zur Tagesordnung; dafür war der Friseur inzwischen ja schließlich stadtbekannt. In Ordnung, gehn wir. Er entschuldigte sich allerseits und folgte Pichler.

In einen Rolls-Royce war er noch nie eingestiegen; glauben würden es ihm nur Augenzeugen, die es aber nicht gab.

Sie fuhren los, und Pichler machte es kurz. Ich brauch ein anständiges Toupet. Und du, hab' ich gehört, kannst so was.

Der Friseur war erleichtert, wenigstens hatte Pichler nichts Schlimmeres mit ihm vor. Er hatte schon ganz andere kurzerhand umgeschult, die sich vorher auch nicht mit dubiosen Speditionsunternehmern und Kapitänen, mit bestochenen Zöllnern und angebrannten Versicherungssachverständigen ausgekannt hatten. Kann ich, klar. Aber es gibt in Wien Fachgeschäfte für Haarteile. Ich bin nur ein Friseur.

Der beste, hab' ich gehört. Wir haben gemeinsame Bekannte.

Ich weiß, sagte der Friseur, ich weiß. Er war drauf und dran, Namen zu nennen, aber tut man das einem Mann gegenüber, der nicht umsonst nicht Johann, sondern Joe hieß und sicher keine überflüssigen Indiskretionen guthieß?

Dem Friseur war vor lauter Aufregung nicht klar, ob allein

die Tatsache, daß er in Pichlers Rolls-Royce gestiegen war, nicht an sich schon eine strafwürdige Handlung sein könnte, für die er sich, sehr bald wahrscheinlich, vor Gericht würde zu rechtfertigen haben. Wenn ein Toupet wirklich alles war, was er wollte, würde ein Richter doch wissen wollen, warum ein Mann eines braucht, den alle Welt als Glatzkopf kannte, der ein Toupet auch nie getragen hatte, sondern in der Öffentlichkeit die wenigen Haare in napoleonischem Schwung über die kahle Schädeldecke gekämmt trug, und das immer mit allem verfügbarem Stolz? Pichler als Tausendsassa auf dem Opernball, glatzköpfig, verschwitzt wie ein Schweinehirt, Auge in Auge mit Moamar al-Gaddhafi, im Schlepptau mit Bruno Kreisky, alles immer ehrlich mit Glatze. Ist Ihnen, Zeuge, da nicht vielleicht der Gedanke gekommen, daß Johann Pichler an mehr dachte als nur ein Toupet? Um sich mit seiner Eitelkeit zu beschäftigen, dazu stand ihm doch damals das Wasser schon zu sehr bis zum Hals, nicht wahr? Ich habe mir sagen lassen, daß bei Friseuren Zeitungen ausliegen. Bei Ihnen, Zeuge, läuft sogar der Fernseher. Ich nehme also an, daß der Beschuldigte für Sie kein Unbekannter gewesen war. Er brauchte, schlage ich der Wahrheit zuliebe vor, eine Perücke. Es ging nicht um eine Korrektur wie im Falle eines Toupets, sondern um eine Verkleidung. Pichler sah sich gezwungen, nicht erkannt werden zu wollen. Können Sie mir folgen?

Sie waren Richtung Grinzing gefahren, abgebogen und den Donaukanal entlang zurück in die Stadt. Auf dem Weg ließ er schnell noch den Wagen durch die Waschstraße befördern. Das heißt, das hatte er vorgehabt, nur paßte der Rolls nicht in die Anlage. Also ließ er ihn auf dem Gelände daneben abspritzen und trockenledern und nutzte die Zeit, sich Luft zu verschaffen. Dreck, Dreck, nichts als Dreck. Wie ich das hasse. Den Dreck, den die Journalisten erfinden. Den Dreck der Politiker, ihre Hetzjagd, ihre Verleumdungen. Für die bin ich doch selbst weiter nichts als Dreck. Ein Wunder, daß er jetzt auch schon vom Himmel fällt?

Wien versandet, sagte der Friseur. Sand aus der Sahara. Feiner, leicht rötlicher Sand. Er hatte immer eine Kostprobe in der Tasche. Hier.

Machst du Witze?

Der fliegt, wenn in Afrika Sandstürme toben, bei günstigen Winden sogar bis nach Amerika.

Pichler schüttelte den Kopf. Bis nach Amerika vielleicht, aber nicht bis Wien.

Der Friseur verpaßte die Pointe, was Pichler kränkte. Mein Kamel freut sich. Und ich auch. Ich merke, wie es unruhig wird, und weiß dann, da unten in der Sahara toben Sandstürme. Am nächsten Tag ist bei mir der ganze Boden mit Sand bedeckt.

Und was freut dich daran?

Ich bin glücklich.

Keine üble Vorstellung, selbst auch mal wieder glücklich zu sein, dachte Pichler. Wien versandet. Ein Sandsturm, der Wien verschluckt. Die Stadt eine Sandwüste. Das würden sie mir, wenn es passiert, auch noch in die Schuhe schieben wollen. Er sieht schon die Schlagzeilen. Pichler zu allem fähig. Pichler organisiert Klimakatastrophe. Wer sind die Hintermänner?

Ich bin glücklich, dachte der Friseur; und kein Zweifel, ich, das gebe ich zu, glaube ihm; was nicht selbstverständlich ist, betrachtet man sein Geständnis im Licht der Bemühungen der Menschen, der dummen und gescheiten, einfachen wie komplizierten, in dieser Sache. Es ist ein Krieg, der zu jedem Verdacht berechtigt. Die Vorstellung hat sich abgenutzt, es handle sich bei einem, der sich einen glücklichen Menschen nennt, wirklich um einen und nicht um einen Schwindler, der unter dem Einfluß der Selbstverleugnung, der Anmaßung, der Sentimentalität oder sonst einer Täuschung oder Illusion die Karten, die ihm der Zufall in die Hand spielt, neu mischt. Ich kenne die Runde, die Sanften, geblendet von Erleuchtung, die Glück als geistige Arbeit verstehen und verehren, die Zyniker, die sich jede Ähnlichkeit mit jedem hier am Tisch verbitten, die Gelegenheitsspieler, die das Risiko hoher Einsätze scheuen und, wie die Zyniker auch, für jeden Bluff zu haben sind. Mit am Tisch – und auffallend zahlreich – die Neurotiker, im Dauerzustand aggressiver Erregung, um nur ja keine Gelegenheit zu verpassen, andere zu beeindrucken; das sind die, die sich schon auf der Suche nach ihrem Glück derart austoben, daß sie nicht nur für sich selbst eine Gefahr darstellen. Auch sie haben Schübe. Sie reißen aus dem Glück ganze Stücke heraus, brechen dann aber über der zerfetzten Beute zusammen und knurren jeden in die Flucht, dem es genügt, am Glücksbaum nur ein bißchen zu rütteln und zu schütteln, als sei ihnen, was vielleicht fällt, die Mühe wert. Am Spieltisch sitzen auch Schriftsteller, die bekanntlich die Oberhoheit beanspruchen, was es mit der Sache des Glücks auf sich hat. Sie halten den Trumpf in der Hand, die Karte des Todes; ein Argument, schwer zu widerlegen. Die leichten Gewinne überlassen sie der Runde, Betriebskapital für die Zeitspanne, in der man sich dem Irrtum, glücklich zu sein, noch ungestraft hingeben darf.

Der Lack ist zerkratzt, meldete der Mann mit dem Wasserschlauch.

Danke, antwortete Pichler, zahlte und fuhr los. Er schaute hinüber zum Friseur. Du bist mir eine Nummer, aber wenigstens stellst du keine überflüssigen Fragen.

Das war, was den Friseur natürlich juckte. Er hatte nur Fragen. Bis jetzt bestand die ganze Affäre nur aus Fragen. Aus berufenem Munde hätte er schon gern Neuigkeiten erfahren. Was ist ein Friseur wert, der die Gunst der Stunde ungenutzt läßt?

Der Fall war heikel. Ein mit dem Fall befaßter Gruppeninspekteur der Kripo Wien hat sich beim Reiben von Hartkäse überanstrengt, wenigstens gab das der Sohn so zu Protokoll, und war tot umgefallen. Das Herz. Obduktionsbefund: Coronargefäßthrombose. Der besagte Sohn nahm nichts davon tragisch, entpuppte sich vielmehr ab sofort als spendabler Nachtschwärmer. Mit welchem Geld eigentlich? Fragte man ihn – und es gab Journalisten, die das interessierte – nach seiner Beschäftigung, sagte er: Ich organisiere. Es war zwecklos, nachzuhaken, denn es klang auswendig gelernt. Es war nur eine Frage der Zeit, bis er sich selbst zu Fall brachte, wenn ihm die Arbeit nicht ohnehin bald von enttäuschten Partnern abgenommen wurde. Ein anderer Toter soll vor seinem Ableben eine junge Russin, die ihm Pichler, nicht uneigennützig, besorgt hatte, geehelicht haben; es liegen die Dokumente vor. Der Obduktionsbefund: rezidivierender Myocardinfarkt. Ohne Fremdverschulden soll es einen Zolldeklaranten erwischt haben, beim Rasenmähen. In seinem Garten, unter einem Haufen Herbstlaub vom vorigen Jahr, fand man verkohlte Speditionspapiere. Sein Hausarzt hatte außer einer stark verspannten Rückenmuskulatur nichts an der Gesundheit des Familienvaters zu bemängeln gehabt, noch drei Wochen vor dessen Tod nicht.

Also gut, ein Toupet.

Du hast was dabei, um alles zu vermessen?

Klar, hab' ich.

Wieweit war es angebracht, den Ahnungslosen zu spielen, überlegte der Friseur. Der Richter hätte ganz recht. Wie soll er einem Gericht erläutern, was ihm alles gleichzeitig durch den Kopf gegangen war? Er könnte – das Schönste scheint er verpaßt zu haben – heute noch nicht sagen, wie es ist, in einem Rolls-Royce herumkutschiert zu werden, schade eigentlich. Immerzu hatten sich seine Gefühle gestritten. Pichler was faszinierend, die Welt, die er belustigt hatte und dann in Atem hielt, war auch nicht ohne. Andererseits war der Mann Dynamit, und damit soll er ein Schiff samt Besatzung in die Luft gejagt haben, auf den Punkt genau über der tiefsten Stelle des Indischen Ozeans, falls die Ermittler recht behalten. Der Fehler ist nur: Er mag keine Ermittler, keine Schnüffler, keine Herren, die nicht glauben können an die Kostbarkeit eines Irrtums! Auf seine Art war Pichler ein Pirat, ein Freibeuter, eine Ungewöhnlichkeit, was ihm eben imponierte. Sollte da ausgerechnet er daherkommen und den Mann fragen, wozu er ein Toupet haben wolle, zu welchem Zweck? Natürlich hatte er genau diese Frage ja stellen wollen. Es war ihm nur der Dreh nicht eingefallen, wie man das tut, ohne sich zu blamieren. Ein Gerichtssachverständiger hatte Pichler als »gemeingefährlichen Gemütsegoisten« bezeichnet, aufgrund eines graphologischen Gutachtens. Also, Gemüt hatte Pichler, ein einnehmendes sogar. Der Mann, so hatte es in seinem Gutachten weiter geheißen, sei darauf eingestellt, die Welt in Komplizen und Feinde aufzuteilen, und gnade Gott dem, der seine Sympathien, die er zeigt, nicht erwidert. Harter Tobak, und unangenehm zu verdauen! Wie Schriftgelehrte auf den Putz hauen können. Da waren ihm die *bad boys* schon immer lieber gewesen als die Sheriffs; die hatten wenigstens was. Wer hält Wiener Kavaliere aus, die sich auch einbilden, ein krummes Ding geradebiegen zu können? Wer die Schwarzgeld-Amateure in der Piano-Bar? Was war ein Schwätzer gegen einen einsamen Rächer? Was ein Würstchen von Anwalt gegen einen gestandenen Outlaw? War wer, wer was auf sich hielt, am Nutzen der Republik interessiert? Was war der Nutzen, und wer profitierte? Die Berufsprofiteure doch wohl, doch nicht einer wie der Friseur. Die Aussichten seiner Beförderung beschränken sich auf die Minuten im Nachmittagsprogramm des Fernsehens, wenn er sich äußern soll zur Modernität des Kurzhaarschnitts oder Auftritte in Talk-Shows (z. B. zum Thema: Was nun, Haare oder keine?) zum Pragmatismus restloser Kahlheit – oder sind dahin, wenn er bei dem genannten Thema auf Intimrasuren zu sprechen kommt, die Glatze dort, wo Frauen sie haben wollen, wenn sie wollen. Zum erotischen Radikalismus sind Auskünfte vor laufender Kamera, auch noch live, unerwünscht. Die Moderatorin unterbricht. Der gutgelaunte und offenbar restlos vorurteilsfreie Mann wird womöglich sonst noch in die Details gehen. Und ob er das will. Trotzdem findet er ihre ziemlich deftige Zurechtweisung doch ärgerlich, noch dazu, weil sie ihm bekannt vorkommt. Sobald er im Verlauf des Gesprächs auch nur den Versuch macht, sich noch einmal zu Wort zu melden, unterbindet sie das; was der Friseur mit dem Vergnügen beantwortet, sich fortan nur noch mit der Blume zu beschäftigen, die er aus dem Bukett gezogen hat, das auf dem Tisch vor ihm steht. Es sieht überzeugend aus, wie er das hinkriegt, selbstvergessen, keineswegs beleidigt. Und immer wieder geht die Regie auf ihn, wie er die Blüte streichelt und seine Nase in ihr versteckt.

Nach der Sendung, im VIP-Raum für die Gäste, nimmt ihn die Moderatorin beiseite. Tut mir leid, tut mir echt leid, daß ich grob geworden bin, was sonst wirklich nicht meine Art ist. Aber ich war darauf einfach nicht gefaßt. Und gerade auf Sie hatte ich mich besonders gefreut.

Ja, ja, beruhigt sie der Friseur, verstehe.

Nein, wirklich. Ich konnte nur nicht damit rechnen, daß Sie so ohne alle Umschweife sozusagen gleich in medias res gehen.

Ist das unüblich?

Eigentlich schon. Aber das ist es ja auch gar nicht, wenn ich ehrlich bin. Es hat auch mit mir zu tun, mit mir ganz privat, nicht mit mir als Moderatorin. Wie soll ich sagen? Ich dachte plötzlich, alle schauen nur noch auf mich, Millionen Zuschauer, die mich alle anschauen, und jeder von denen weiß, daß ich ... na, daß ich ... Sie wissen schon.

Daß Sie rasiert sind?

Nicht so laut. Ich will ja nicht in Verruf geraten.

Sie fühlten sich ertappt?

Und wie. Es gibt Dinge, die ich professionell überspielen kann. Ich kann das. Aber das Wort Intimrasur riß den Stecker raus. Ich war hilflos.

War das Ihre Idee? Ich meine ...

Mein Freund besteht darauf.

Was hätten wir für eine schöne Sendung machen können, bedauerte der Friseur. Wie gut wir das Publikum hätten unterhalten können.

Sie sind verrückt. Nicht in Österreich.

Stimmt, in Ägypten auch nicht. Nicht einmal in Amerika, nehm' ich an.

Noch etwas, sagte die Moderatorin und beichtete ihren

Kummer, nach jeder Rasur unter Pickelbefall zu leiden. Sie sprach jetzt noch leiser. Meine Haut ist reizbar, besonders da unten. Ich bin danach überall entzündet. Offenbar verträgt meine Haut das nicht. Dann unternimm was, sagt mein Freund. Mach was. Mach was. Gut, ja, mach was; aber was? Ist das normal?

Was, sich rasieren?

Nein, die Pickel, die Entzündungen. Das stört, sagt mein Freund.

Schade um die Sendung. Sie hätten mich nicht unterbrechen sollen.

Ich mußte, ich bin sonst meinen Job los. Das war als politische Debatte gedacht gewesen. Hooligans. Skinheads. Randale. Die Glatze als Signal, als Statement, als Widerstand. Ob eine Glatze bei Jugendlichen das Bekenntnis zur Gewalt bedeutet. Das war, was sich unser Programmchef ausgedacht hat.

Dann weiß ich nicht, warum Sie einen Friseur einladen.

Tja, sagte die Moderatorin, um die Runde aufzulockern, denk ich mal.

Und dann hindern Sie mich, Ihnen genau dabei behilflich zu sein?

Es ist schiefgegangen. Gebe ich zu. Tut mir leid.

Tut es weh?

Was? – Ach so. Es juckt. Meine Schwester ist Geigerin. Die hat das unterm Kinn, auch so kleine Knoten, abgeschabte Haut, Druckstellen. Sie merkt, daß sie schwimmt, ärgert sich, überhaupt damit angefangen zu haben, und das hat sie nun davon. Erzählt einem Friseur, was nur ihren Freund angeht. Hat sich eineinhalb Stunden zusammengenommen und kluge Fragen gestellt, um jetzt völlig den Faden zu verlieren. Die

Hände im Schoß hatte sie im Studio gesessen, aus Angst, ein Paparazzo befände sich bereits auf dem Weg zwischen ihre Beine. Die Panik hat sich ausgewachsen zu einer halben Ohnmacht, die sie auch jetzt noch heimsucht. Nicht einmal jetzt funktioniert die Technik, das Gespräch zu bestimmen, wie sie das sonst kann. Es juckt? Von wegen. Ein Spaß ist das nicht. Aber genau das kommt dabei heraus. Und der Friseur schaut sie auch an, als sei bei ihr nicht nur da unten etwas nicht ganz in Ordnung. Zusammen geht das nicht: ihr ist es Ernst, ihm nicht, absolut nicht, seit seinem Rausschmiß in Triest nicht mehr.

Was stimmt! Der Friseur denkt über all das noch immer so unkompliziert, daß ihm nicht auffällt, wie er bereits zum Mittelpunkt des Interesses auch der anderen Gäste geworden ist, zum erneuten Mißvergnügen der Moderatorin, die das Gespräch abbricht, dieses Mal durch den Hinweis, es seien belegte Brötchen und was zum Trinken vorbereitet.

Der Name Pichler im übrigen war einmal auch kurz gefallen. Ein Psychologe, der auf den von ihm erforschten Zusammenhang von Haarausfall bei kleinwüchsigen Männern und pathologischem Verhalten hinwies. Es gibt dafür ja gegenwärtig, wie er sagte, in diesem Land ein Musterbeispiel. Nein, der Name selbst war gar nicht gefallen, stimmt nicht, aber jeder im Studio und am Fernseher wußte natürlich, wie die Anspielung gemeint war.

Der Friseur bedauerte, sein Handwerkszeug nicht dabeizuhaben; er hätte ihm gern mit der Schere die Krawatte halbiert. Natürlich sympathisiert er nicht mit Gewalttätern, aber etwas Zwielicht, ist das nicht die vielversprechendere Beleuchtung als Studioscheinwerfer oder Kronleuchter in einem Gerichtssaal?

Und seit wann sind Egoisten so großzügig?

Pichler zahlte, noch bevor sein Schädel vermessen war. Ein paar Scheine, die der Friseur entgegennahm, ohne sie zu zählen. Vertrauen gegen Vertrauen. Das war im Kino auch so, und es war alles, woran Kinohelden, wenn sie Helden waren, glaubten. Nur ein Komiker wäre doch hergegangen und hätte gesagt: Moment mal, erst die Arbeit, dann der Lohn, ich bin da ganz konservativ, wenn Sie gestatten. Ein Lacher! Die Leinwand mit der Feuerspur eines Sonnenuntergangs, und alle lachen sich tot über die Umständlichkeit eines Mannes, der einem Pistolero seine Bankverbindung buchstabiert. Es gibt unter seinen Kunden auch welche, die die Kleinigkeit, die ein Haarschnitt kostet, am liebsten auf ein Konto überweisen wollen.

Sie fuhren schon eine halbe Stunde durch die Gegend. Inzwischen bog Pichler auf den Zubringer nach Schwechat. Machen wir es kurz.

Gern, sagte der Friseur. Wo halten wir?

Hier, entschied Pichler, trat auf die Bremse und brachte den Rolls auf der Standspur zum Stehen.

Erst jetzt fiel dem Friseur ein, daß er in Venedig nichts gelernt hatte, in Triest auch nicht; die alten Jungs dort hatten Haare, mit denen konnte man Kissen füllen. Wahrscheinlich war er auch Wiens einziger Friseur, der noch nie ein Toupet auch nur in der Hand gehabt hatte. Wäre es nicht fair, Pichler das Geld zurückzugeben und die Bitte als erledigt anzusehen?

Pichler ließ ihm keine Zeit. Alles, nur nicht Rot. Ein unauffälliges Braun. Und mit der Menge nicht übertreiben und, wenn es geht, keinen Scheitel. Kapiert? Ganz normales Haar. Ganz normale Frisur, wie sie einer trägt, der sich ungern kämmt. Ich will nicht groß auffallen mit dem Ding auf dem Kopf, verstanden? Keine Kinkerlitzchen, ganz solide Arbeit einfach. Bis wann?

Mit einer Nagelschere schnitt er Pichler ein paar Haare vom Hinterkopf, die er in ein Tütchen tat, eine Probe, die er als Muster zur Hand haben und als Sammlerstück dann aufbewahren wollte. Dabei fiel ihm die akademische Dame aus Braunschweig wieder ein, und gleichzeitig mit der Sicherheit, sie um Hilfe bitten zu können, verschwand auch das Gefühl, auf die Toilette zu müssen, um sich zu erleichtern oder, wie ihm auch war, zu übergeben. Bis demnächst.

Pichler lachte. Am Flughafen ging er telefonieren. Dann fuhren sie in die Stadt zurück. Die Pralinen, die er sich auf der Rückfahrt in den Mund schob, waren die berühmtesten; die aß er offenbar wie eine Tagesration Nahrung, von der etwas anzubieten eine Unhöflichkeit gewesen wäre. Läßt man jemand von seinem Butterbrot abbeißen?

Zeichen über Zeichen. Irgendwann hat das Gedränge an Bord nachgelassen. Übersichtlich war es nie, aber ein Durcheinander deshalb noch lange nicht. Die Zirkulationen sind zerrissen, die Konfusionen von störender Schwerfälligkeit, im Fluidum klaffen Lücken. Die Verschiedenheiten der Menschen kombinieren sich nicht mehr. Die Uhrzeiger fangen wieder an, nach der nächsten Sekunde zu schnappen. Von wem war das Märchen verraten, von welchem Verrat verhext worden? Nichts war auf die übliche Weise entstanden, weshalb der Zerfall mit üblichen Mitteln auch nicht einzudämmen ist. Als im Radio die Nachricht kam, Perry Como, auch er ein gelernter Friseur, sei verstorben, hörte er mitten in der Arbeit an einem Haarschnitt auf, ging ein schwarzes Hemd kaufen, zog es gleich, noch im Geschäft, an und kehrte erst dann in der Aufmachung eines Trauernden zu Kamm und Schere zurück. Eine Liebenswürdigkeit einem Kollegen gegenüber – nur daß seine Freunde sich weigerten, gleich auch noch, und das bei aufgedrehten Wasserhähnen, als habe er vor, den Salon zu fluten, mit einer Gedenkminute jener Belegschaft zu gedenken, die in den zwei Rasiersalons der Titanic gearbeitet und den Tod gefunden hatten. Die haben bis zuletzt zu tun gehabt. Du glaubst doch nicht, daß die Damen in die Rettungsboote gestiegen wären ohne tadellose Frisur? Sogar die Töchter haben sie noch mitgeschleift, damit sie, so mitten in der Nacht aus dem Schlaf gerissen, wenigstens an Deck ordentlich frisiert daherkamen.

Das ist er der Ehre seines Berufsstandes schuldig, seinen Helden und Märtyrern, und dem Vergnügen, die Spuren seiner Ahnenreihe zu illuminieren. Wer redet von ihnen denn noch? Namenlos sind sie dahingegangen, und eben nicht nur die Astors, Guggenheims oder Churchills, Lady Helen Churchill Candee, die Schriftstellerin. Also laufen jedes Jahr am 14. April alle Wasserhähne zum Gedenken an den Unglückstag, der nachts um 23.40 Uhr begann (Eisberg gerammt) und keine drei Stunden später, 2.20 Uhr (Schiff gesunken) sein Ende fand. Benjamin Guggenheim, der notorische Playboy, saß, obwohl an Land verehelicht, mit seiner Geliebten gerade im Palmenhof der Titanic, als es passierte.

Anfang Februar, und das heißt in Wien Ballsaison, Hochbetrieb, Überstunden (und endlich Geld in die Kasse), verbrachte er die Tage von Donnerstag bis Sonntag in Braunschweig. Mit dem zurückliegenden Besuch von Joe Pichler brachte diesen Abstecher niemand in Zusammenhang, zumal er das fertige Toupet nach seiner Rückkehr gleich im Schrank seiner Abstellkammer einschloß, Pichler ein weiteres Mal nicht auftauchte (auch nicht anrief; es rief auch kein anderer deshalb an, bis heute nicht) und ihm damals, als er von der kleinen Spritztour zurückgekommen war, alle abgenommen hatten, was er ihnen, den neugierig gewordenen Freunden und seinem aufgeregten Personal, als Version aufgetischt hatte: er habe nur eben mal schnell Imelda Marcos die Haare auffrisiert. Die war, die Zeitungen waren voll davon, in der Stadt, und Pichler hatte, wie ihm alle zutrauten, den Zimmerschlüssel.

Klar, daß er ihnen, was seine Reise betraf, trotzdem eine Bemerkung schuldig war. Er gab sich, erschöpft, wie er war, geheimnisvoll; danach war ihm ohnehin zumute. Er hatte die Tage kaum ein Auge zugetan und noch jetzt Restalkohol im Blut. Was war von ihm zu erwarten außer Unsinn oder Tiefsinn, irgend etwas nach dem Motto: Verstehe, wer will! Er entschied sich, was zu behaupten allem widersprach, was er selbst dachte, für die These, Liebe sei menschenunmöglich. Das sei so, stellte er erleichtert fest, mache sie aber über Gebühr interessant deshalb.*

This is art. Er steckte den Stecker rein und ließ sie leuchten, die Kunst. Und dann umarmte er seine Frau.

Du hast abgenommen, wenigstens das.

Du auch.

* Vermutlich steht damit eine Notiz Karottes in Zusammenhang, die folgendes behauptet: Eine Frau zu lieben ist nicht einfacher, als einen Chinesen übers Ohr zu hauen, was, wie alle Welt weiß, nahezu unmöglich ist. Was war das? Sein Einfall? Ein Gedicht? Ein Zitat, eines aus einem Kriminalroman, höchstwahrscheinlich einem von Raymond Chandler? Ein Spickzettel für den Fall, gegebenenfalls geistreich sein zu können, zum Beispiel Puffi gegenüber?

Sie fuhr ihm durch die Haare. Hier war die Hölle los. Die reinste Rutschpartie. Und dann fiel auch noch Anna aus.

Schwanger?

Zahnschmerzen.

Karotte kannte seinen Freund. Er traute ihm nicht, wenn er anfing, Weisheiten von sich zu geben. Was war passiert? Was nicht? Wen wollte er täuschen?

Rätselhaft, was die obskure Behauptung beweisen sollte. War sein Wochenende eine Enttäuschung gewesen und sein Kommentar nur die gebührend ungenaue Beschreibung eines intimen Fehlschlags? Hatte er sich eine Oper, die er – schwer vorstellbar – besucht hatte, zu sehr zu Herzen genommen? War er über das Reden nicht hinausgekommen, und mit dem Reden nirgendwohin? Oder gab er nur wieder, was bestimmte Frauen von sich geben in der Erwartung, auf der Stelle widerlegt zu werden? Hatte er sich anders verhalten als Männer, die sonst mal schnell übers Wochenende verreisen?

Niemand hat ihn je etwas Ähnliches sagen hören. Niemand hat überhaupt je gehört, daß er ein Privatleben besaß. Er ist unzugänglich, was Auskünfte darüber betrifft. Die Eheleute kommen zu verschiedenen Zeiten – sie früh, er gegen Mittag – und sie verlassen das Geschäft auch getrennt. Nichts Ungewöhnliches. Kein Grund zu tuscheln. Er ist kein Postillon d'amour, sie keine Bovary. Auf altmodische Weise sind sie gut miteinander, als Zeitgenossen gleichzeitig aber auf alles gefaßt. Die Zeiten sind ausgeflippt. Wer mit dem Training, auch ganz gut alleine zurechtkommen zu können, zu früh aufhört, den erwischt es. Also lassen sie sich die Freiheit, zwei eigene Beine zu haben. Während er zu Hause bestenfalls weiß, wo der Eisschrank steht und sein Bett, genießt sie die Zeit nach einem Arbeitstag. Sie nascht, während sie duscht, und liest, während sie kocht, und tut zwischendurch sonst noch was. Dann kommen ihr Bedenken. Sie ist vom Typ her die Frau, die immer zunimmt, egal, was sie ißt. Sie nimmt sich zusammen, sie nimmt zu. Sie schaut im Kochbuch nur die Fotos an und nimmt zu. Sie nimmt vom Treppensteigen zu. Also nascht sie, und zwar aus Verärgerung, denn es soll wenigstens schmecken, wenn sie schon zunimmt. Sie möchte sich so ärgern können, daß sie abnimmt. Eine Taille zu haben, und zwar gut sichtbar, mehr Wünsche hat sie auch Weihnachten nicht. Das wird durch häufiges Abmessen nicht behoben. Mal sehen, nächstes Jahr, sagt sie, und erschrickt beim Blick auf die Uhr (eine, die geht). Sie ist schlagartig todmüde, sie kann das. Sie ist Geschäftsfrau.

Es umgibt sie in angenehmen Träumen ein Goldrahmen, der gut zu ihren Pfunden paßt. Eine Sorge weniger! Und daß sie gerne schwitzt? Auch das geht in Ordnung. Die Welt im Traum erwärmt sich durch Ausdünstung. Es stinkt nach Paradies. Dort haben bekanntlich alle ganz schön was auf den Knochen. Ausgelassen hält sie schon zweihundert Jahre einen Arm fest, dessen Faust eine Schlange würgt. Sie wacht trotzdem nicht auf. Etwas Heiliges befiehlt ihr durchzuschlafen. Was sich rächt. Auf der Waage sieht sie dann, wie opulent sie wieder geträumt hat.

Immer bleibt er noch da. Absichten hat er keine. Er wirkt auch dann unverdorben, wenn in der Runde gelästert wird, warum wer mit wem nicht mehr zusammen und wer von den beiden, keinen Tag später, mit wem gesehen worden sei und wo – und was beide an Freundlichkeiten übereinander von sich gaben. Ihn erinnert das an die Geschichte einer Frau, die auf die Frage, warum sie sich habe scheiden lassen, geantwortet haben soll: Meinem Friseur zuliebe. Aber ist der nicht schwul? Richtig, sagte sie, aber ich war ihm einfach was schuldig, er liebt nun mal solche Sachen. Ohne Skandale geht er ein; und wer frisiert mich dann?

An den abendlichen Vergnügungen, die, zumal im Sommer, in nächtliche Raubzüge ausarten, ist er nicht beteiligt, auch wenn er, was das Trinken betrifft, mithalten kann. Allenfalls stellt er fest, daß ihm Wien zu wienerisch wird in angeheitertem Zustand.

Fassen wir die Sache noch einmal und anders zusammen. Er liebt die Frauen, hat sich aber nie mit der Kleinigkeit abfinden wollen, daß man mit dem Anfang anfängt – was, wie er vermutet, anstrengend sein müsse. Welche Kommandos überlasse ich den Blicken, welche meinen Worten? Wie hält man etwas geheim, wenn man nichts für sich behalten kann? Schon da kommt er mächtig in Verlegenheit. Und wie erst, wenn er unversehens an eine gerät, die mit dem Anfangen schon begonnen hat? Er scheint das Rezept verlegt zu haben, wie man Reißverschlüsse öffnet. Sich zu entkleiden findet er in Gegenwart einer zweiten Person ohnehin entwürdigend, für beide. Vieldeutigkeit ist, was ihn fasziniert. Auch braucht er immer ein Gefühl von Entfernung, bevor er entflammt. Er braucht Platz um sich, Platz, um zaubern zu können, auch um sich selbst zu verzaubern. Ein beherzter Zugriff, findet er, verdirbt alles. Zauberei gelingt absichtslos.

Sehr kompliziert findet er das nicht, jedenfalls nicht so lange, wie die jeweils Auserkorene in sein Interesse an ihr noch gar nicht eingeweiht ist. Sich die Mühe zu machen, dies irgendwann nachzuholen, liegt ihm auch nicht. Er vergißt es. Das ist ihm am liebsten. Wenn sich Lustgefühle vom Kopf, dem Ort ihrer Entstehung, erst einmal abgekoppelt haben und in den Gedärmen, in die sie eindringen, ihr Eigenleben beginnen, ist der Friseur ratlos. Andererseits hat es kein Ende mit den Phantasien. Was die dürfen, will er so genau gar nicht verstehen. Er staunt lieber, und das so wenig zimperlich wie sein Freund Tinti, wenn er malt. Dem fällt auch nur ein, was sich schwer beweisen läßt, es sei denn auf einem Bild. Eine Zunge wie ein Lasso. Arschbacken mit eingebauter Beleuchtung. In jedem Herz ein Hotel; man darf dort sterben, ohne Aufschlag zahlen zu müssen. Wer der Entsagung frönen will, wird beschützt von verhüllten Orientalinnen.

Auf dem historischen Boden der Gegenwart ist das alles schwer machbar, zugegeben, aber für eine gewöhnliche Paarung ist sein Hang zum Üblichen zu unterentwickelt. So gilt der Friseur als keusch, was keinen weiteren Verdacht erregt, oder, was seine Ehe betrifft, als treu, aber träge.

9

Immer mehr machen sich Sorgen. Sie geben zu allem, was der Friseur (neuerdings wieder bevorzugt in der Dschellaba) an Informationen über untergegangene Welten und fernere Zeiten von sich gibt, nicht einmal mehr einen Kommentar ab, legen ihm nur gutmütig, fast nachsichtig die Hände auf die Schultern, streicheln ihm über den Kopf und lassen ihn dann stehen, kopfschüttelnd, in völliger Verständnislosigkeit. Sie verdächtigen mittlerweile sogar das Kamel, nicht ganz bei Trost zu sein.

Nur die Kaffeetrinker kommen noch pünktlich. Und die Handleserin, obwohl auch für sie die Geschäfte schlecht laufen. Sie schnorrt schnell Zigaretten und zieht weiter. Die Post bringt ebenfalls schlechte Nachrichten. Für das Schild vor dem Eingang verlangt die Stadt plötzlich Luftsteuer (und mahnt Nachzahlungen an). Ein Paket pinkfarbener Plastiklockenwickler entpuppt sich beim Öffnen als eine Ladung Heroin. Die Griechengasse als Deckadresse? Das auch noch? Der Friseur läßt es zurückgehen, wohin auch immer. Auch der letzte Besuch der baltischen Emigrantin warf Rätsel auf: sie erschien ohne Seife und blieb dann ganz verschollen. Das letzte, was er von ihr noch im Ohr hatte, war ihre Frage, ob das Leben einer Frau, die nie ein Kind zur Welt gebracht hat, die Schandtat einer Gescheiterten sei. Was meinen Sie, Dicker? Oder sie nannte ihn gleich Dickerchen, vor allem an Tagen, wo sie um ihre Gesundheit besorgt war, besser gesagt, besorgt über ihre Zweifel an der Kompetenz ihres Hausarztes. Ich war gestürzt, hatte aber Glück und nur eine Fleischwunde davongetragen, die dann allerdings nicht richtig heilen wollte. Nun gut, mein Arzt beschaut sich die Sache und will dann Einzelheiten wissen. Auskünfte über meine Ernährung, was ich so esse. Na, was ißt man schon, wenn man am Meer aufgewachsen ist und nie Lust hatte, in der Küche zu stehen? Fisch, am liebsten Krabben, Garnelen und Austern. Genau das wollte ich Ihnen gerade raten, sagt der Spaßvogel todernst. Zinkmangel, jemals davon gehört? Und das bei meinem Verschleiß an Krustentieren! Kein Mensch ißt davon mehr als ich. Und nun frage ich Sie, Dickerchen, was ich tun soll. Die Frage blieb unbeantwortet. Ob die schwierige Wundheilung mit ihrem Fernbleiben zu tun hat? War sie gar unter der Erde inzwischen? Natürlich war ihr Alter nie Gegenstand ihrer Gespräche gewesen, aber er hatte doch immer die Anspielungen herausgehört, die sie sich gestattete. Sie sei viel zu mittelmäßig, um jetzt, wo es ans Sterben gehe, große Töne zu spucken. Nicht einmal auf das, was sie zu bereuen habe, käme es noch an. Man tröste sich, so gut es gehe, mit ein paar Sätzen, den Versen großer Dichter und Poeten, die den Trost, den sie spenden, nicht zum Billigtarif verscherbeln. »Die Lotosblüte, die im Garten blüht, wird mit dem ersten Feuer hinweggefegt; die Lotosblüte, die im Feuer blüht, hält für immer stand.« So sei das, Feuer sei Schutz.

Nick, Der Schatten, der bibelfeste Lateiner unter den Angestellten, sieht jeden Tag mehr wie ein Satanist aus und macht unklare Andeutungen, daß er bereit sei, vor seinen Herrgott zu treten; unklar deshalb, weil sich gerade erst eine Mutter von drei Kindern seinetwegen von ihrem Mann getrennt hat. Schwarzer Humor?

Dann doch noch Gelächter. Wie ein Schreiben ihres Rechtsanwalts bestätigt, hat Fräulein von Lehnhart-Kilany der Sammlung ihres Freundes ihre Schamhaare vermacht, hinterlegt in der Kanzlei in einem Umschlag. Sie selbst habe sich, steht in dem Brief noch, mit Mitteln aus dem Verkauf eines ihrer Bilder und in Gesellschaft eines Hundes (»der mich vorne und hinten bewacht«) nach Tirol abgesetzt, auf eine Almhütte. Eine Laune? Der Versuch, sich um ihre kranken Bronchien zu kümmern? Oder nur der, einen der einfach gestrickten, gutdurchbluteten Burschen unten im Tal ins Visier zu nehmen? Aber das Rätselraten über ihre Gründe hält nur kurz an. Niemand ist neugierig genug, sich ihr neues Leben wirklich vorstellen zu wollen. So gehört sie zu jenen bedauernswerten Geschöpfen, die nie ankommen in den Gedanken anderer, um dort zu Erinnerungen zu werden.

Dem Friseur entgeht weitgehend, daß kaum noch einer seiner Stammkunden flüssig ist, die Außenstände wachsen, Löhne ausstehen. Er fühlt sich vogelfrei, was Buchführung, Bilanzen oder Steuererklärungen betrifft. Etwas anderes stört ihn aber. Das Verschwinden stillgelegter Zeit, die Regelverletzungen im Umgang mit dem Besitz, den Jahrhunderte in uns angehäuft haben, dem Resterbe unserer Ahnen und Urahnen. Es gibt keine Sicherheit vor ihnen, ihre Tatkraft ist stärker als die Reserven an Geduld, die sie uns abverlangen. Aber versteht das noch einer? Wir schrumpfen, die Toten wachsen. Ihr Verbrauch an Gegenwart löst Lawinen aus, die Lebende mit Vergangenheit verschütten. Eine Vermutung, die nie neu war. Läßt sich das juristisch fixieren?

Als er in der Nacht den Eisschrank öffnet (das ist das, was

er immer als erstes tut, wenn er heimkommt), findet er einen Brief. Seine Frau läßt ihn handschriftlich wissen, sie sei, um einem Schwächeanfall zuvorzukommen, zur Kur nach Bad Ischl gefahren. P.S.: Auf unbestimmte Zeit.

Einen Eisschrank, soviel versteht er auf Anhieb, wird er jedenfalls so schnell nicht wieder öffnen.

Sollen sie ihn festnehmen. Die Perücke wird man ihm, zusammengerollt in einem Plastiksack, sicher lassen, schon um ihn nicht unnötig zu provozieren. Er säße für den Rest seines Lebens mit dem Ding auf dem Kopf Ärzten gegenüber, hin und wieder einem Musikhistoriker, vereinzelt Souvenirjägern und anderen Sammlern, seiner Frau (wenn es der Zeitplan ihrer nunmehr unabhängigen, durch Eigeninitiative stark angereicherten Existenz zuläßt), Freunden. Anna käme ihn besuchen, hilflos auch sie. Karotte käme mit Puffi im Schlepptau und dem Beweismaterial seiner unscharfen Polaroids.

Am Ende, und über die ungewisse Stunde seines Todes hinaus, bliebe ihm die Reinheit seines Gewissens, aber – trotz gewisser Voreingenommenheiten anfangs – auch die zweifelsfreie Einsicht der Mediziner, keine Spuren von Wahnsinn entdeckt zu haben, nicht die geringsten. Die Hirnströme arbeiteten störungsfrei – melodisch, wie sich einer ausdrückte; man möchte mitsingen, schrieb er für sich auf einen Rezeptblock. Keine verräterisch deutlichen Stromkurven. Keine Zeichen einer Verwirrung. Auch die übliche Befragung habe keinen Befund erbracht, es sei denn den, daß man ihm gerne länger zugehört hätte, unter anderen Umständen am liebsten, einem Spaziergang, im Speisewagen eines Zuges, unter Palmen. Verdammt, man hatte selbst dann nicht genug Zeit, wenn man die Füße auf den Tisch legt, sich zurücklehnt und zustimmend zur Kenntnis nimmt, daß der alltägliche praktische Verstand auch nicht alles ist. Sie können natürlich auf der kleinen künstlichen Ordnung bestehen, die ihr Kopf ausbrütet, wundern Sie sich dann aber nicht, daß Sie Ihr Leben mit Wutanfällen verplempern oder, wenn es Sie auf dem falschen Fuß erwischt, mit Depressionen. Der Schrei und das Schweigen, wir sind bis unters Dach voll damit. Wir sind, selbst wir Ärzte, allesamt Stümper, wenn es nach innen geht ins Ungewisse, wenn nichts mehr von allem, was wir wissen, Ähnlichkeit mit dem hat, was wir fühlen. Der freie Wille hat das Gesicht eines geköpften Chinesen, der nicht aussieht wie einer, der etwas vermißt. Das Massiv seiner Zuversicht hüllt der Nebel ein. Schlecht zu erkennen auch, was ihn mit Freude erfüllt. Warnt er vor den Tricks, Träume zu haben, da sie sich unweigerlich miteinander verfeinden? Im Basislager sitzt der Glaube und hackt Kreuze klein für ein Feuerchen. Wer wird durchkommen – und wer ist es, der neben uns geht, ungeschützt unterwegs wie alle, die durch leere Hochmoore waten, in denen die Mutigsten zuerst versinken? Wie Abschiednehmende treiben uns Stürme auseinander. Wir fallen lautlos, das aber in nie gekannter Bewegungsfreiheit. Sagen Sie nicht, daß es dafür Fachärzte gibt. Wir vom Fach nennen es einen Putsch, der auch jeden von uns das Genick einziehen läßt. Wir sind schlecht bewaffnet, um uns zu wehren. Sie finden Putsch unpassend? Nennen wir es ein Erdbeben. Ist Ihnen wohler? Bricht es los, suchen Sie Schutz. Wir sind immer für Sie da. Nur erwarten Sie nicht, daß wir an offenen Gefühlen operieren und das Erdbeben mit Ihnen nicht unter die gleiche Decke kriecht. So viel Fortschritt ist noch nicht erfunden worden, die Wirklichkeit der Angst anzupassen, die wir vor ihr haben.

Wie wär's dagegen mit jenem Lächeln, das uns dieser Bursche präsentiert? Er ist seit langem das Unterhaltsamste, was uns in die Klinik geliefert wurde. Humorbegabt, einfallsreich, auch schlagfertig. Ein Naturtalent an Zuversicht, ein Wunder an Vollständigkeit. Wir waren uns hier alle einig, daß seine Art, die Welt wahrzunehmen, Schule machen sollte. Wenn er stirbt, wird er später behaupten, erwarte er nicht den Tod, sondern einen, der ihn zum Lachen bringt.

Sie erkundigten sich nach seinem Salon, einige kündigten ihr Kommen an und erinnerten sich, jeder für sich, an die Landschaften der eigenen Müdigkeit. Das kann doch nicht alles gewesen sein?! War's das? War das alles? Ein bißchen Ehebruch, eine Ladung Larifari, die üblichen Heimsuchungen nach Einbruch der Dunkelheit, die übliche Melancholie, das übliche Six-pack vertrauter Zweifel. War die Entscheidung, sich auf die sichere Seite durchzukämpfen, richtig? Was tun mit der Sehnsucht nach ein wenig heiliger Verdammnis? Und die Zufälle, die hochgelobten? Immer wieder muß man sich das doch anhören: plötzlich sei es passiert! Plötzlich – Sie haben die Wahl – habe sich eine Tür aufgetan, die Erde, der heitere Himmel, und alles nur – wählen Sie –, um einen Brief in wartende Hände zu legen, ein Telefon klingeln zu lassen (Ferngespräch) oder die Glocke einer Haustür (Telegrammbote). Dem Herzen sei heiß geworden, eine Bullenhitze! Da fragen Sie sich doch, was die Zufälle gegen Sie haben, daß sie immer andere bevorzugen. Die trinken mehr? Einverstanden. Bitte nachschenken. Und einen für die Dame da drüben, die auch wartet; wartet, daß der Flügel eines Engels ins Fleisch schneidet. Na, Sie wissen schon. In der U-Bahn morgens hat sich das dann. Jetzt bestimmt wieder das Monatsgehalt die Marschroute. Wir sind wieder ununterscheidbar geworden. Und dann taucht einer wie er auf, ein Friseur.

Das Folgende fand sich auf Blättern eines Schulheftes, die Schrift die gleiche, die gern gesungen hätte, die des jungen Neuropsychologen Dr. Klaus Maria Heigl. Private Notate, unwissenschaftlich, ganz bewußt wohl. Spontane Anmerkungen (zu später Stunde hingekritzelt?), aber doch Beleg einer Erschütterung, einer Entdeckung und der Freude darüber, wie sich ein Kind zugleich freut und fürchtet, etwas undeutlich Unbekanntes entdeckt zu haben, das beim Anfassen die Finger fressen könnte.

Frage: Trinkt Dr. Heigl heimlich?

Hier die Wiedergabe seiner Handschrift in Druck.

Höhlenbewohner. Sonderbar. Bezeichnet sich selbst so. Sexuelle Anspielung denkbar, sogar wahrscheinlich. Diesseitiger Blick auf weibliches Personal.

Zog am Hampelmann, der von der Stange meiner Schreibtischlampe hängt. Hat niemand je gemacht, auch die nicht, denen mein Pinocchio gefällt.

Äußerlich Zeitgenosse, was sonst? Baseballmütze, Zigarette hinterm Ohr, Halstuch, Anzug in grobem Stoff, altmodisch. Darunter T-Shirt.

Vermutlich trotzdem älter als Mozart, von dem er spricht.

Perücke lt. Gutachten echt, überprüft. Kein Diebstahl. Was tun?

Komplizierter Fall? Ja und nein. Dienststunden untauglich. Dienstzimmer desgl. Wann hätte dort je etwas seine Aufwartung gemacht, das man nur findet, wenn man nicht anfängt, danach zu suchen?

Sterben? Frage ihn. Überlegt nicht lange, nicht wie andere. Einmal irdisch reicht. Es gibt Wichtigeres.

Empfiehlt Spaghetti gegen Sterben.

Funktionierendes Schutzsystem. Nur, wie funktioniert es?

Unheimlich mein Kummer. Will sich nicht abfinden mit dem Gefühl, das mich durchströmt (Worte unleserlich. Rotweinflecken?).

Über ihm liegt ein Segen. Sollte ihn als Medikament verschreiben.

Verstehe Kollege K. nicht (was keine Neuigkeit ist). Möchte ihn aufschneiden, das ist es, was ich tun möchte. Nicht kleckern, klotzen. Und das beim Mittagessen. Zum Kotzen. Passierte dann auch.

Ordnung? Wie Ordnung schaffen angesichts der Vollkommenheit eines Rätsels?

Mein Lehrer hatte recht. Er hat immer noch recht. Am Anfang war alles beisammen, dann kam der Verstand und machte Ordnung.

Nachgefragt. Keinerlei gereizte Reaktion. Hat doch mit Frauen zu tun! In einer Frau wohnen? Nicht sich verstecken in ihr, kein Eigentümer sein, kein Untermieter, nicht Gast, nicht Einbrecher.

Die Augen. Sein Lächeln, das Lächeln darin. Ein Lächeln nach innen. Ihm entgeht trotzdem nichts.

Nichts am Hut mit Buddhismus oder so.

Zitiere (vergessen wen, Jurij anrufen). So lachen Wassernymphen an Strömen, die dicht an Einsiedeleien und anderen Stätten des Heils vorüberfließen.

Neigung zur Untätigkeit, ausgeprägt.

Braucht, wer schwebt, Boden unter den Füßen?

Gefragt, ob meditiert? Antwort: nur im Schlaf.

Schwachsinn, alles verstehen zu wollen. Und dennoch!

Gesamte Persönlichkeit von selten unbeschädigter Beschaffenheit, intakt, Kraft ausstrahlend, Helligkeit, Herrlichkeit, möchte man am liebsten sagen. Einer im Besitz einer Seele. Jemand sollte, wenn sich das machen ließe, seine Geschichte erzählen.

10

Ein Happy-End gibt es nicht, ein Ende aber auch nicht.

Hast du sie dabei?

Karotte, die treue Seele, hat. Deglet Nour, Herkunftsland Tunesien, Handelsklasse A, und davon gleich drei Päckchen, die er ihm aufs Bett wirft.

Der Friseur reißt sie auf, alle drei, und fängt an, sich mit Datteln den Mund vollzustopfen, zufrieden wie einer, der lange etwas entbehrt hat.

Noch immer kann er es. Es geht beim Verzehr von Datteln um Breierzeugung, nicht um ein Zerkauen, es geht um ein langsames Einschmelzen des Fruchtmasse-Volumens, das auch nicht umgehend geschluckt, sondern, genußfördernd verzögert, erst vollends in einen Klumpen verwandelt wird, von dem dann die Flüssigkeit abtropft, um in kleinen Portionen (sog. Energie-Einheiten) verkostet zu werden. Die so freigesetzte Energie versickert nicht nur in den Blutbahnen, sie schafft ein Zuhause, ein Wohlbefinden der Vorstellungskräfte, die weit zurückreichen, beruhigend weit. So geht Ernährung über ins Wärmende. Die Seele des Kauenden kehrt heim. Die Kerne landen, das ist die Kunst, erst einmal alle in den Backen.

Kein Wiener nimmt, das ist klar, exotische Früchte auf eine Art zu sich, wie es der Friseur gerade tut. Aber sein Interesse daran, daß er mittlerweile fast einer geworden ist, erlischt immer mehr. Die Freude, die als Vorrat in ihm vorhanden war, verkümmert. Die Furien der Verlangsamung suchen ihn heim. Er grüßt sie wie Freunde. Es ist still mit ihnen. In einem

Vakuum könnte die Ereignislosigkeit nicht größer sein. Vorbei der Tumult der Eile, zu der auch ihn manche Umstände seiner Wiener Anwesenheit gezwungen haben. Vorbei, was seine Mitwirkung betrifft am Vergehen der Tage und der Nächte.

Es geht, wenn er an sein Leben denkt, nicht um ihn; diese Art, sich wichtig zu nehmen, hat ihm nie gelegen, schon damals nicht in dem kleinen Zimmerchen, das ihm in Triest als Unterschlupf gedient hatte. Nichts entscheiden, nie sich einmischen, auch mit Nachdenken nicht. Um das Ende und die Zeit danach zu verstehen, nützt Nachdenken gar nichts. Auch sein Sterben wird ihn nicht weiter beeindrucken; das Leben hat ihn ausreichend gut unterrichtet, die Vorbereitungen dazu sind abgeschlossen. Nun soll der Tod entscheiden, auf welche seiner drei Uhren er deutet.

So sieht, denkt Karotte, einer aus, der einen Hunger anderer Art stillen muß, einer, der nicht mit Gedanken, sondern mit seinem Gedächtnis geschlagen ist. Die Männer, die ihn einmal gefunden und mitgenommen haben, sind noch immer Familienmitglieder – sind es wieder, besser gesagt.

Es ist unerheblich, wer ihm zuschaut, während er die Datteln zuerst mit den Kauflächen seiner Zähne und dann mit der Zunge, die den Brei gegen den Gaumen drückt, zerstampft; deshalb nutzt Karotte die Gelegenheit, sich am Fußende des Bettes mit einem Nickerchen schadlos zu halten.

Der Friseur, abwesend bis in die Augen, stößt ihn wach. In der Luft schlägt der Wind um, sagt er, gleich wird es Sand hereinschneien durch das Fenster.

Botho Strauß im dtv

»... ein Erzähler, der für Empfindungen der Liebe Bilder von einer Eindringlichkeit findet, wie sie in der zeitgenössischen Literatur ungewöhnlich sind.«
Rolf Michaelis

Die Widmung
ISBN 3-423-10248-9

Paare, Passanten
ISBN 3-423-10250-0
Ein Mosaik unserer Medien- und Konsumgesellschaft.

Kalldewey
Farce
ISBN 3-423-10346-9
Abbild unserer Wirklichkeit, Seelendrama und Psychofarce.

Der Park
Schauspiel
ISBN 3-423-10396-5

Trilogie des Wiedersehens
Groß und klein
ISBN 3-423-10469-4

Rumor
Roman
ISBN 3-423-10488-0
Die Lebenskrise eines Intellektuellen.

Die Hypochonder
Bekannte Gesichter, gemischte Gefühle
ISBN 3-423-10549-6

Der junge Mann
Roman
ISBN 3-423-10774-X
Es beginnt mit den Schwierigkeiten eines jungen Regisseurs, ›Die Zofen‹ zu inszenieren, läuft über in ein modernes Märchen, die Beschreibung eines utopischen Volkes, eine erotische Spukgeschichte.

Die Fremdenführerin
ISBN 3-423-10943-2

Niemand anderes
ISBN 3-423-11236-0

Besucher
Komödie
ISBN 3-423-11307-3

Kongreß
Die Kette der Demütigungen
ISBN 3-423-11634-X

Theaterstücke
1972–1978
ISBN 3-423-11747-8

Theaterstücke
1981–1991
ISBN 3-423-11748-6

Botho Strauß im dtv

Die Zeit und das Zimmer
Sieben Türen/Bagatellen
Theaterstücke
ISBN 3-423-**12119**-X

Wohnen Dämmern Lügen
ISBN 3-423-**12274**-9
»Strauß sieht, wie wirklich nicht viele sehen können.« (Joachim Kaiser in der ›Süddeutschen Zeitung‹)

Schlußchor
ISBN 3-423-**12279**-X

Beginnlosigkeit
Reflexionen über Fleck und Linie
ISBN 3-423-**12358**-3

Angelas Kleider
Nachtstück in zwei Teilen
ISBN 3-423-**12437**-7

Ithaka
ISBN 3-423-**12595**-0

Die Fehler des Kopisten
ISBN 3-423-**12656**-6
So viel Vorgeschmack auf die Hölle. So wenig Nachgeschmack vom Paradies. Die Geschichte einer stummen, »vorsprachlichen« Liebe.

Die Ähnlichen
Der Kuß des Vergessens
Zwei Theaterstücke
ISBN 3-423-**12834**-8

Theaterstücke
1993–1999
ISBN 3-423-**12853**-4

Das Partikular
ISBN 3-423-**13031**-8

Diese Erinnerung an einen, der nur einen Tag zu Gast war
Gedicht
ISBN 3-423-**19007**-8

»Was man dem Autor vor allem nachrühmen kann: seine Sensibilität für Psychologisches einerseits und seine exakte Beobachtung von Alltäglichkeiten andererseits, seinen makaberen Humor und seinen Sinn für Details, deren Symbolkraft ebenso treffend wie unaufdringlich ist.« (Frankfurter Allgemeine Zeitung)

Uwe Timm im dtv

»Als Stilist und Erzähler sucht Uwe Timm in Deutschland seinesgleichen.«
Christian Kracht in ›Tempo‹

Heißer Sommer
Roman
ISBN 3-423-12547-0

Johannisnacht
Roman
ISBN 3-423-12592-6
»Ein witzig-liebevoller Roman über das Chaos nach dem Fall der Mauer.« (Wolfgang Seibel)

Der Schlangenbaum
Roman
ISBN 3-423-12643-4

Morenga
Roman
ISBN 3-423-12725-2

Kerbels Flucht
Roman
ISBN 3-423-12765-1

Römische Aufzeichnungen
ISBN 3-423-12766-X

Die Entdeckung der Currywurst
Novelle
ISBN 3-423-12839-9
»Eine ebenso groteske wie rührende Liebesgeschichte ...« (Detlef Grumbach)

Nicht morgen, nicht gestern
Erzählungen
ISBN 3-423-12891-7

Kopfjäger
Roman
ISBN 3-423-12937-9
Ein faszinierender Roman aus dem Wirtschaftsleben.

Der Mann auf dem Hochrad
Roman
ISBN 3-423-12965-4

Rot
Roman
ISBN 3-423-13125-X
»Einer der schönsten, spannendsten und ernsthaftesten Romane der vergangenen Jahre.« (Matthias Altenburg)

Bei dtv junior:

Rennschwein Rudi Rüssel
ISBN 3-423-70285-0

Die Piratenamsel
ISBN 3-423-70347-4

Der Schatz auf Pagensand
ISBN 3-423-70593-0

Die Zugmaus
ISBN 3-423-70807-7

Maxim Biller im dtv

»Begrüßen wir einen möglichen Geistesenkel Tucholskys!«
Süddeutsche Zeitung

Die Tempojahre
ISBN 3-423-11427-4
Eine rasante Chronik der achtziger Jahre. – »Biller liebt nicht den leichten Degen, er bevorzugt den Säbel.« (Der Standard)

Wenn ich einmal reich und tot bin
ISBN 3-423-11624-2
»Ich habe seit den Nachkriegsromanen von Wolfgang Koeppen, seit Bölls früher Prosa, seit einigen Essays von Hannah Arendt, Adorno, Mitscherlich und Hans Magnus Enzensberger kaum etwas gelesen, das dem Blendzahn der Zeit so wahr und diesmal so witzig an den Nerv gegangen wäre ... Was für ein Buch!« (Peter von Becker, ›Süddeutsche Zeitung‹)

Land der Väter und Verräter
Erzählungen
ISBN 3-423-12356-7

Deutschbuch
ISBN 3-423-12886-0
Deutschland, peinlich Vaterland ... In seinen Reportagen und Kolumnen erzählt Biller von den kleinen und großen Dummheiten der neunziger Jahre.

Kühltransport
Ein Drama
ISBN 3-423-12920-4
Seidenstraße des Todes: ein menschliches Drama vom grausamen Erstickungstod einer Gruppe illegaler Einwanderer aus China, gestorben auf dem Weg in eine »bessere Welt«.

Die Tochter
Roman
ISBN 3-423-12933-6
Motti Wind, ein junger Israeli, versucht, in Deutschland heimisch zu werden. »Ein Roman wie von Dostojewski.« (Hannes Stein, ›Die Welt‹)

Der perfekte Roman
Das Maxim-Biller-Lesebuch
ISBN 3-423-13087-3
Geschichten von der Suche nach dem Glück.

Günter Grass im dtv

»Günter Grass ist der originellste und vielseitigste lebende Autor.«
John Irving

Die Blechtrommel
Roman
ISBN 3-423-11821-0

Katz und Maus
Eine Novelle
ISBN 3-423-11822-9

Hundejahre
Roman
ISBN 3-423-11823-7

Der Butt
Roman
ISBN 3-423-11824-5

Ein Schnäppchen namens DDR
ISBN 3-423-11825-3

Unkenrufe
ISBN 3-423-11846-6

Angestiftet, Partei zu ergreifen
ISBN 3-423-11938-1

Das Treffen in Telgte
ISBN 3-423-11988-8

Die Deutschen und ihre Dichter
ISBN 3-423-12027-4

örtlich betäubt
Roman
ISBN 3-423-12069-X

Ach Butt, dein Märchen geht böse aus
ISBN 3-423-12148-3

Der Schriftsteller als Zeitgenosse
ISBN 3-423-12296-X

Der Autor als fragwürdiger Zeuge
ISBN 3-423-12446-6

Ein weites Feld
Roman
ISBN 3-423-12447-4

Die Rättin
ISBN 3-423-12528-4

Aus dem Tagebuch einer Schnecke
ISBN 3-423-12593-4

Kopfgeburten
ISBN 3-423-12594-2

Gedichte und Kurzprosa
ISBN 3-423-12687-6

Mit Sophie in die Pilze gegangen
ISBN 3-423-12688-4

Mein Jahrhundert
ISBN 3-423-12880-1

Peter Härtling im dtv

»Er ist präsent. Er mischt sich ein. Er meldet sich zu Wort und hat etwas zu sagen. Er ist gefragt und wird gefragt. Und er wird gehört. Er ist in den letzten Jahren zu einer Instanz unserer (nicht nur: literarischen) Öffentlichkeit geworden.«
Martin Lüdke

Nachgetragene Liebe
ISBN 3-423-**11827**-X

Hölderlin
Ein Roman
ISBN 3-423-**11828**-8

Ein Abend, eine Nacht, ein Morgen
ISBN 3-423-**11837**-7

Der spanische Soldat
ISBN 3-423-**11993**-4

Herzwand
Mein Roman
ISBN 3-423-**12090**-8

Das Windrad
Roman
ISBN 3-423-**12267**-6

Božena
Eine Novelle
ISBN 3-423-**12291**-9

Hubert oder Die Rückkehr nach Casablanca
Roman
ISBN 3-423-**12439**-3

Waiblingers Augen
Roman
ISBN 3-423-**12440**-7

Die dreifache Maria
Eine Geschichte
ISBN 3-423-**12527**-6

Schumanns Schatten
Roman
ISBN 3-423-**12581**-0

Zwettl
Nachprüfung einer Erinnerung
ISBN 3-423-**12582**-9

Große, kleine Schwester
Roman
ISBN 3-423-**12770**-8

Eine Frau
Roman
ISBN 3-423-**12921**-2

Der Wanderer
dtv großdruck
ISBN 3-423-**25197**-2

Janek
Porträt einer Erinnerung
ISBN 3-423-**61696**-2

»Wer vorausschreibt, hat zurückgedacht«
Essays
ISBN 3-423-**61848**-5

Marcel Reich-Ranicki im dtv

»Man hat mir früher vorgeworfen, ich sei ein Schulmeister. Man wirft mir heute vor, ich sei ein Entertainer. Beides zusammen ist genau das, was ich sein will.«
Marcel Reich-Ranicki

Deutsche Literatur in West und Ost
ISBN 3-423-10414-7

Nachprüfung
Aufsätze über deutsche Schriftsteller von gestern
ISBN 3-423-11211-5

Literatur der kleinen Schritte
Deutsche Schriftsteller in den sechziger Jahren
ISBN 3-423-11464-9

Lauter Verrisse
ISBN 3-423-11578-5
Mit jeder seiner Rezensionen – und seien sie noch so scharf – beweist Marcel Reich-Ranicki seine Liebe zur Literatur.

Lauter Lobreden
ISBN 3-423-11618-8
Anhand von zwanzig deutschen Autoren zeigt Reich-Ranicki hier, wie gut er (auch) zu loben versteht.

Über Ruhestörer
Juden in der deutschen Literatur
ISBN 3-423-11677-3

Ohne Rabatt
Über Literatur aus der DDR
ISBN 3-423-11744-3

Mehr als ein Dichter
Über Heinrich Böll
ISBN 3-423-11907-1

Die Anwälte der Literatur
ISBN 3-423-12185-8
»Von allen meinen literaturkritischen Büchern ist mir dieses das liebste.« (Marcel Reich-Ranicki)

Meine Schulzeit im Dritten Reich
Erinnerungen deutscher Schriftsteller
ISBN 3-423-12365-6

Über Hilde Spiel
Reden und Aufsätze
ISBN 3-423-12530-6
Eine ehrfürchtige Verneigung vor der »Grande Dame der deutschsprachigen Literatur«.

Der Fall Heine
ISBN 3-423-12774-0
Eine leidenschaftliche Annäherung an den Fall Heine – ein »Bekenntnis« in fünf Essays.

Marcel Reich-Ranicki im dtv

Mein Leben
ISBN 3-423-13056-3
»Dieses Buch gehört zu den großen Geschichtserzählungen unseres Jahrhunderts.« (Peter von Becker im ›Tagesspiegel‹)

»Nur herzlose Leser werden sich diesem Drama in Prosa entziehen können.« (Mathias Schreiber und Rainer Traub im ›Spiegel‹)

»Reich-Ranicki hat eine der schönsten Liebesgeschichten dieses Jahrhunderts geschrieben.« (Frank Schirrmacher in der ›Frankfurter Allgemeinen Zeitung‹)

Entgegnung
Zur deutschen Literatur der siebziger Jahre
ISBN 3-423-13029-6

Über Marcel Reich-Ranicki:

Peter Wapnewski (Hrsg.)
Betrifft Literatur
Über Marcel Reich-Ranicki
ISBN 3-423-12016-9

Volker Hage, Mathias Schreiber
Marcel Reich-Ranicki
Ein biographisches Porträt
ISBN 3-423-12426-1

Hubert Spiegel (Hrsg.)
Was für ein Leben
Marcel Reich-Ranickis Erinnerungen
Kritiken, Stimmen, Dokumente
ISBN 3-423-30807-9

Frank Schirrmacher
Marcel Reich-Ranicki
Sein Leben in Bildern
ISBN 3-423-30828-1